AF202652

Tucholsky Wagner Zola Scott Sydow Freud Schlegel
Turgenev Wallace Fonatne
Twain Walther von der Vogelweide Fouqué Friedrich II. von Preußen
Weber Freiligrath Frey
Fechner Fichte Weiße Rose von Fallersleben Kant Ernst Richthofen Frommel
Hölderlin
Engels Fielding Eichendorff Tacitus Dumas
Fehrs Faber Flaubert
Eliasberg Ebner Eschenbach
Feuerbach Maximilian I. von Habsburg Fock Eliot Zweig Vergil
Ewald
Goethe Elisabeth von Österreich London
Mendelssohn Balzac Shakespeare
Lichtenberg Rathenau Dostojewski Ganghofer
Trackl Stevenson Doyle Gjellerup
Mommsen Tolstoi Hambruch
Thoma Lenz Hanrieder Droste-Hülshoff
Dach Verne von Arnim Hägele Hauff Humboldt
Reuter
Karrillon Garschin Rousseau Hagen Hauptmann Gautier
Damaschke Defoe Hebbel Baudelaire
Descartes
Hegel Kussmaul Herder
Wolfram von Eschenbach Dickens Schopenhauer
Bronner Darwin Melville Grimm Jerome Rilke George
Campe Horváth Aristoteles Bebel Proust
Bismarck Vigny Barlach Voltaire Federer Herodot
Gengenbach Heine
Storm Casanova Tersteegen Grillparzer Georgy
Chamberlain Lessing Langbein Gilm Gryphius
Brentano Lafontaine
Strachwitz Claudius Schiller Kralik Iffland Sokrates
Katharina II. von Rußland Bellamy Schilling
Gerstäcker Raabe Gibbon Tschechow
Löns Hesse Hoffmann Gogol Wilde Vulpius
Luther Heym Hofmannsthal Klee Hölty Morgenstern Gleim
Roth Heyse Klopstock Kleist Goedicke
Luxemburg Puschkin Homer Mörike Musil
La Roche Horaz
Machiavelli Kierkegaard Kraft Kraus
Navarra Aurel Musset
Nestroy Marie de France Lamprecht Kind Kirchhoff Hugo Moltke
Nietzsche Nansen Laotse Ipsen Liebknecht
Marx
von Ossietzky Lassalle Gorki Klett Ringelnatz
May Leibniz
vom Stein Lawrence Irving
Petalozzi Knigge
Platon Pückler Michelangelo Kafka
Sachs Poe Kock
Liebermann Korolenko
de Sade Praetorius Mistral Zetkin

Der Verlag tradition aus Hamburg veröffentlicht in der Reihe **TREDITION CLASSICS** Werke aus mehr als zwei Jahrtausenden. Diese waren zu einem Großteil vergriffen oder nur noch antiquarisch erhältlich.

Symbolfigur für **TREDITION CLASSICS** ist Johannes Gutenberg (1400 — 1468), der Erfinder des Buchdrucks mit Metalllettern und der Druckerpresse.

Mit der Buchreihe **TREDITION CLASSICS** verfolgt tradition das Ziel, tausende Klassiker der Weltliteratur verschiedener Sprachen wieder als gedruckte Bücher aufzulegen – und das weltweit!

Die Buchreihe dient zur Bewahrung der Literatur und Förderung der Kultur. Sie trägt so dazu bei, dass viele tausend Werke nicht in Vergessenheit geraten.

Der verbotene Rausch

Georg Engel

Impressum

Autor: Georg Engel
Umschlagkonzept: toepferschumann, Berlin

Verlag: tredition GmbH, Hamburg
ISBN: 978-3-8424-0717-6
Printed in Germany

Text der Originalausgabe

Georg Engel

Der verbotene Rausch

Text der Originalausgabe

Der verbotene Rausch

Es war noch dunkel in dem kleinen Katenhause. Die Morgendämmerung stritt sich mit der Nacht. Fahle Schatten liefen über die Mauern wie graue Mäuschen, die aus dem Wesenlosen kommen und ins Wesenlose verschwinden.

Da drehte sich Martin Kriews, der ewig Arbeitslose, das erste Mal auf seinem rot und weiß gewürfelten Strohsack herum. Ein behagliches, erwachendes Grunzen wurde laut. Dann stieß er mit der Faust gemütlich, friedvoll nach dem benachbarten Strohsack herüber.

»Süßing,« gähnte er, »es is all wieder so'n schönen Tag. Die Sonne scheint. Kuck eins, ganz rot« – dabei starrte er in die webenden schwarzen Schatten hinein und hatte das Bewußtsein, daß die Sonne immer näher auf ihn zuschritte, mit einem kupferroten Gesicht, genau so wie die Frau des Gastwirts Krey, jene liebreiche Weiblichkeit, die ihm noch am Abend vorher einen kleinen Kübel des ganz neu gebrannten Kirsch- und Pfefferminzlikörs mit freundlichem Schwung in sein ungeheures Paßglas gegossen hatte.

Und was das »Allernüdlichste« war, an die Bezahlung hatte sie im Drang der Geschäfte wieder vollkommen vergessen.

»Süßing,« erzählte Martin Kriews unbeirrt zu dem bewegungslosen Strohsack herüber. »Sie liebt mir woll, Kreyen seine liebe Gattin. Sie lieben mir alle. Überhaupt, Sophiing, die Menschens auf der Welt sünd doch alle herzensgut. Ich sag' dich, Sophiing, herzensgut sünd sie alle. Da bün ich gestern zum Beispiel an den Herrn Landrat von Pitak sein Fenster vorübergegangen. Da stand er und machte dich ein ganz bitter-böses Gesicht, weil ihm eine Flasche Rotspon, die er grade zu's Frühstück trinken wollte, übergegangen war. Na, was war nu großes dabei? En bischen schimmlig geworden war sie. Weiter nix nich. Und was tut nu der hochgeborne edle Mann? Er reicht sie mich einfach zum Fenster heraus und sagt: »Kriews, ich will Sie auch was zukommen lassen. – Nu kuck mal, Sophiing, solche Edelmütigkeit.«

Stille.

An den Wänden liefen unbeirrt die grauen Mäuschen, und der zweite Strohsack verharrte im Schweigen.

Da drehte sich Martin Kriews beruhigt wieder um, biß in einen Zipfel des Bettlakens und murmelte vor sich hin: »Wenn ich bloß wüßt', wer mich den feinen Hasenbraten in'n Mund geschoben hat? Hat das nu mein Sophiing getan? Oderst Frau Krey? Oderst der hochgeborne Landrat von Pitak, der so edelmütig is? Weiß der Deuwel, die Menschens sünd einmal zu liebe Geschöpfe.«

Und damit begann er wieder in ein merkwürdig melodienreiches Näseln zu verfallen.

Um sechs Uhr früh hatte sich der trübe Novembertag soweit gelichtet, daß die grauen Mäuschen an den Wänden sich nicht mehr sicher fühlten, sondern überallhin entflohen. Gerade zu Häupten von Martin Kriews, da, wo ein ungeheures Spinnennetz an der Decke schwankte, dorthin gerade entschwirrten sie mit leisem Gezirp. In diesem Augenblick klirrte unmerklich der zerbrochene Fensterflügel, der mit Stroh, Lappen und Pappe notdürftig geflickt war. Das kam aber nur daher, weil Wilhelm Pölk, der Bräutigam von Kriews einziger Tochter Helene sich verabschiedete, oder gerade gekommen war.

Genau konnte das der traumselige Vater nicht unterscheiden, es war überhaupt ein Ding, das sich nicht so leicht feststellen ließ.

Da richtete sich Martin Kriews das zweite Mal auf. »Welch ein Glück, Sophiing,« hob er tief atmend an, »wenn zwei sich so lieb haben. Das is doch für en Elternpaar das allerglücklichste und allererhabenste. Mutting, kuck dich bloß das rote Gesicht von Wilhelmen an. Ich sag' dich, es strahlt nich vor Kälte oder von wegen die Frostbeulens, es glänzt vor Liebe. Mutting, mein Süßing, habe ich nich auch einst so vor deinem Fenster gestanden? Aber die Wahrheit die Ehre. Gegen dich is unsre Tochter Lening ein reines, weißes Talglicht. Gott, Süßing, was warst du doch für eine hoch erhabene Schönheit. Wie hübsch und mollig waren nich alle deine Weiblichkeiten. Und wenn dich andere auch mit deine Hitzpückeln gebrütet haben – ne, ne, Sophiing, ich mein' ja bloß – siehst du, denn waren die Pückeln für mich gerade was Absonderliches, was eben nich jede hatte. Denn was Besonderes muß der Mensch haben. Und seitdem, Mutting, büst du noch immer schöner geworden.«

Es hätte dem braven Kriews, dem ewig Arbeitslosen, doch einigermaßen auffallen können, daß auf alle diese Huldigungen stets nur ein sehr verdächtiges Räuspern antwortete. Aus dem Nebenstrohsack nämlich hatte sich inzwischen Frau Sophie Kriews herausgeschält, die eben noch von Martin besungen war, wie in Vorzeiten der blinde Sänger der Ilias seiner Königin von Sparta gehuldigt hatte. Und siehe, man mußte beim Anblick der so hoch Gepriesenen zugeben, daß Kriews, der Gatte, ein ungewöhnlich zufriedenes und selbstloses Gemüt besitze. Denn Frau Sophie, die Tagelöhnerfrau, welche bei der ständigen Behinderung ihres Gatten für diesen alle äußeren Geschäfte, wie Kartoffellesen, Strohsammeln, Holzfuhren und Hofarbeit verrichtete, Frau Sophie hatte tatsächlich gar zuviel »Besonderes« an sich. Die »o«förmige Gestaltung ihrer Pedale, nun ja, sie rührte von dem ewigen Bücken beim Kartoffellesen her. Sie war also zu entschuldigen. Warum sie jedoch an der linken Schulter mit einem Auswuchs geschmückt war, das hatte allein der liebe Gott bei ihrer Erschaffung zu verantworten und konnte schließlich von Martin als eine kleine pikante Unregelmäßigkeit angesehen werden. Was indessen seiner Vorurteilslosigkeit das entschiedenste Denkmal setzte, das waren die Teintverhältnisse von Frau Sophie. Denn es muß leider eingestanden werden, daß sie unzählige Hitz- und Frostbeulen auf ihren Wangen beherbergte, die infolge dieser Invasion die revolutionären Farben Frankreichs angenommen hatten, nämlich blau, weiß und rot. Und wahrlich, um dies zu übersehen, dazu gehörte in der Tat der ungeheuer glückliche Idealismus von Martin Kriews, dem ewig Arbeitslosen. - - - - - - - - -

Sie saßen an dem wackligen Birkentisch und tranken das, was Frau Sophie, wieder mit ihrem verdächtigen Räuspern, »Kaffee« genannt hatte. Martin, leicht geschürzt, in wollenen Untergewandungen, Frau Sophie voll gerüstet zur täglichen Arbeit, eine Spitzhacke in der Hand.

Da entspann sich zwischen den Gatten folgendes Abschiedsgespräch:

»Sophiing, du gehst nu?«

»Jawoll, Kriews,« gab eine scharfe Stimme zurück.

»Mutting, was büst du für eine fleißige Frau. Was hab' ich nich for ein großes Glück an dich gemacht. Wie hälst du alles in Ordnung, und wie sauber sieht es nicht bei uns aus – –«, hier fuhr er mit der losen Socke in einem Haufen Unrat herum, der sich zwar unter dem Tisch angesammelt hatte, jedoch die Weichheit und Behaglichkeit des Fußbodens beinahe wie ein dicker Smyrnateppich beförderte. »Ja, was ich sagen wollte, du büst was Königliches, Mutting. Sieh, du gehst nu auf den Hof zur Arbeit, und ich bleib' hier noch en bischen zurück und kräftige mir. Es is ja von dem Wachholder noch eine lütte Flasche da. Und wenn ich mir dann gekräftigt hab', dann geh' ich in die Stadt und such' wieder nach Arbeit. Aber zu's Mittagbrot, Mutting, bün ich wieder heim. Denn wenn ich dein liebes Gesicht nich seh', denn schmeckt mich das nich. Und nachmittags, Mutting, geh' ich wieder zu's Arbeitssuchen. Kuck', so wend' ich denn meinen Tag nützlich an.«

»Ja,« sagte die Frau, schon unter der Tür, und ihre blauen und roten Blattern begannen wie ein Feuerwerk zu glühen. »Diesmal, Kriews, werd' ich meinen Tag auch nützlich anwenden. Du wirst dir wundern.«

»Ne, Mutting.«

»Wieso nich?«

»Mutting, weil von dich nur das Allerbeste und Allerlieblichste kommen kann. Denn du, Sophiing, büst ein heiliger Engel.«

»So?« flüsterte die Frau, und ihre Worte klangen, wie wenn ein Essigtopf ausgegossen wird, »na, denn paß' auf, mein Schatz. Adjüs Kriews.«

»Leb wohl, mein Liebling.«

Die Tür krächzte in ihr Schloß zurück, und kaum waren die Schritte der sich Entfernenden verhallt. so erhob sich Martin, der ewig Arbeitslose, kroch unter die Ofenbank und holte eine dick mit einem Tuch umwickelte Flasche hervor.

»Man muß ihm pflegen,« sagte er gewissermaßen zur Belehrung. »Wachholder is eine angreifbare Sorte. Er kann sich leicht den Schnupfen holen.« Damit ließ er sich an dem Tisch nieder, und in einem plötzlichen Ausbruch der Glückseligkeit gröhlte er vor sich hin:

>»Des Menschen höchstes Glück auf Erden
>Ist lieben und geliebt zu werden«.

* * *

»Herein,« forderte der Landrat von Pitak, und nachdem der Gendarmeriewachtmeister in seiner grünen Uniform mit dem weißen Bandelier und dem klirrenden Schleppsäbel bei ihm eingetreten war, erhob er sich ein wenig von der bequemen Chaiselongue, putzte an seinem Monokel und fragte sehr freundlich: »Na, lieber Böttcher, welch' grausige Moritat bringen Sie denn wieder?«

Der Wachtmeister klirrte ein wenig mit den Sporen, bevor er hinter sich deutete, um mißbilligend hervorzubringen: »Zu Befehl, Herr Landrat, wir werden das Weibsbild nich los.«

»Na, was will sie denn? Der Tag für Armenunterstützungsanmeldungen ist doch Freitag.«

»Zu Befehl, Herr Landrat, das ist es nicht. Das Weibsbild will was ganz Komisches.«

»Na, zum Donnerwetter, was will sie denn? Verlangt sie die Thronfolge in Preußen? Es ist doch heute keine Sprechstunde.«

»Zu Befehl, Herr Landrat, das haben wir ihr auch bedeutet. Aber da hat sie sich noch den Herrn Pastor Schöning mitgebracht.«

»Wie? Was?« fiel der Landrat ein, indem er sich rasch erhob, die Falte seiner Beinkleider zurecht strich und das Monokel geschäftsmäßig vor das scharfe, hellblaue Auge setzte. »Pastor Schöning? Ja, Mensch, um Gottes willen, was fällt Ihnen denn ein? Wie können Sie den ehrwürdigen Herrn auch nur eine Minute warten lassen? Ist ja gar keine Räson in die Bude zu kriegen. Na, also. Ich lasse selbstverständlich bitten. Donnerwetter, haben doch dem Herrn Pastor hoffentlich einen Stuhl angeboten?«

»Zu Befehl, Herr Landrat. Der Pastor sitzt. Das Weib steht.«

»Na, gut. Also schleunigst eintreten lassen.«

Darauf werden die Hacken zusammengeschlagen, der Säbel und die Sporen klirren, die breite, grün uniformierte Gestalt verschwindet, und nach wenig Augenblicken hört man aus dem Dienstraum nebenan weiche, schlürfende Tritte sich nähern und dazwischen das Klappern grober Holzpantoffeln.

»Diese Frauenzimmer sind die geborenen Querulanten,« murmelt der Landrat noch, dann zieht Sonnenschein über sein Antlitz, während er mit tiefer, weltmännischer Verbeugung den würdigen, weißhaarigen Geistlichen empfängt.

»O, bitte – bitte sehr, Herr Pastor, freundlichst Platz nehmen – keine Ahnung, daß schon einige Zeit warten – aber in diese Subalternbeamtenschaft keine Spur von Lebensart zu kriegen – wird sich natürlich mit der Zeit ändern – erblicke Aufgabe darin – nein, bitte, dort auf das Sofa. – Und Sie, liebe Frau, stellen vielleicht vorläufig mal die Holzpantinen ab – es ist nur wegen meines Teppichs. Nun also, Herr Pastor, zu jedem Dienst bereit.«

Vom Sofa her dringt ein ganz leises, diskretes Hüsteln, dieweil der Geistliche sacht sein feines, glattrasiertes Greisenantlitz wiegt. Dann streicht er wohlgefällig seine schwarzen Glacéhandschuhe, faltet bedächtig die Finger ineinander und beginnt mit weicher, geübter Theologenstimme:

»Ja, mein verehrtester Herr von Pitak, weit entfernt, etwa in irdischen Zwangsmaßregeln das Heil zu erblicken, glaube ich doch, daß Sie der anwesenden Frau Kriews durch die Machtvollkommenheiten, die in Ihre Hand gelegt sind, nicht allein einen wesentlichen Dienst leisten, sondern sogar ein verirrtes, gesunkenes Menschenleben wieder in das Licht des Tages zurückführen können.«

Der Landrat scharrt ein wenig auf seinem Stuhl, streift hinter dem Monokel mit einem Seitenblick die dürre Gestalt der Tagelöhnerfrau und beeifert sich, mit einer leichten Verbeugung zu erwidern, daß er natürlich zu solch moralischer Beihilfe mit Vergnügen bereit wäre. ›Donnerwetter, was mag eigentlich mit diesem Weib los sein?‹ fliegt es dabei noch blitzschnell durch seine Gedanken. Laut jedoch setzt er hinzu: »Ganz recht, Herr Pastor – natürlich sehr erfreut, zu solchem Zusammenwirken auserwählt zu sein –, aber dürfte ich vielleicht doch ersuchen, etwas deutlicher –«

»Gewiß, mein verehrter Freund, die Angelegenheit ist für mich nicht ganz leicht. Sie wissen, eine Zwangsmaßregel verträgt sich nur ungern mit meinem Amte. Dennoch aber, verstehen Sie, dennoch halte ich mich für befugt, Sie zu ersuchen –«

»Jawoll,« wirft die Frau aus dem Hintergrunde dazwischen.

»Nun, die Angelegenheit duldet allerdings keinen Aufschub,« fährt Pastor Schöning fort, während er mit der feinbehandschuhten Rechten ausdrucksvoll auf Frau Kriews hindeutet. »Sehen Sie, mein lieber Freund, nach reiflicher Erwägung und wirklich innerem Ratschluß möchte ich Sie bitten, sagen wir, freundschaftlich ersuchen, den Ehegatten dieser armen Frau, die mir als durchaus arbeitsam und gottesfürchtig bekannt ist – hm, ja, es ist schlimm, so etwas auszusprechen –, also ich möchte Sie veranlassen, den Tagelöhner Martin Kriews zu Nieder-Pümplow auf die Trunkenboldliste zu setzen.«

»Ah, in der Tat?« wiederholte der Landrat, wobei er sein Monokel mit dem Taschentuch zu reinigen beginnt, als wenn ihm diese Aufforderung doch nicht ganz gelegen käme, »natürlich, Herr Pastor, genügen mir Ihre Angaben vollkommen. Andererseits jedoch darf ich nicht unterlassen, Ihnen anzudeuten, daß höheren Orts – ja, wie gesagt, man sieht es sehr ungern, wenn diese fragliche Liste sich gar zu sehr mit Namen bedeckt. Haben Sich der Herr Pastor – ich bitte die Frage zu entschuldigen – denn schon selbst von der beständigen, durch nichts zu bessernden Trunkenhaftigkeit des pp. Kriews überzeugt?«

Hier wiegt der Geistliche abermals leicht das Haupt, wie ein Blatt, das im kalten Winde schwankt, und aus der sanften Stimme klingt leise Mißbilligung heraus.

»Würde ich sonst hier sitzen, Herr von Pitak? Und glauben Sie, ja, halten Sie es im Ernst für möglich, daß eine Ehefrau, die in Zucht und Ehren für den Haushalt bisher gesorgt hat, dem Gatten eine

Tochter geschenkt und mit ihm bis auf diesen Tag in der geforderten christlichen Gemeinschaft gelebt, ja, glauben Sie nicht selbst, daß eine solche Ehefrau nur mit blutendem Herzen und größter Gewissensqual die Geheimnisse ihrer Familie preisgibt?«

»Gewiß, Herr Pastor – selbstverständlich ganz meine Ansicht – aber doch – fatale Geschichte.«

Der Landrat erhebt sich, steckt die Hände in die Seitentaschen und pflanzt sich vor der Tagelöhnerfrau auf.

»Na, sagen Sie mal, liebe Frau, betrinkt er sich denn nun jeden Tag?«

»Die Nacht auch, Herr Landrat.«

»Ach was, die Nacht auch? Hier scheint in der Tat ein ganz ungewöhnlicher Fall vorzuliegen. Nun äußern Sie sich mal, Sie wollen also durch Ihre Angaben andeuten, daß die Grundlagen Ihrer Ehe durch das Alkoholbedürfnis Ihres Gatten in Frage gestellt, ja gewissermaßen zerstört werden? So verlangt es nämlich die regierungsbehördliche Bestimmung.«

Frau Kriews stößt trotzig mit ihrer Hacke auf den Fußboden, so daß der Landrat nervös zusammenzuckt: »Jawoll, er zerstört allens.«

»Schon gut. Und Sie sind nun der Ansicht, daß ein öffentliches Verbot, Ihrem Ehemanne Spirituosen in irgend einer Form abzugeben, wesentlich zu seiner Besserung beitragen dürfte? Nicht wahr?«

»Das dürfte leider wohl kaum zu bezweifeln sein,« schiebt hier Pastor Schöning ein. »Wenn jemals im Staatenleben durch eine harte, scheinbar willkürliche Maßregel Wandel und Abhilfe geschaffen worden ist, so wird sich unser Vorgehen gerade in diesem Falle rechtfertigen. Fassen Sie Mut, liebe Frau, mit Gottes gnädiger Hilfe und durch die Fürsorge des Herrn Landrats wird Ihnen der lang entbehrte Gatte, dem Hause der sorgende Vater und dem Staate ein arbeitsfroher Bürger zurückgewonnen werden. Herr Landrat von Pitak, ich danke Ihnen, auch im Namen dieser armen, gequälten Frau, für Ihre teilnahmsvolle Bereitwilligkeit. Allerdings, ich habe sie nicht anders erwartet.«

Der Pastor erhebt sich, streckt dem Landrat beide Hände entgegen, und obwohl dieser über seine eigene Bereitwilligkeit im ersten Moment mit sich noch nicht ganz im reinen zu sein scheint, so tut die sanfte Autorität des Geistlichen doch ihre Wirkung.

»Schön, Herr Pastor, wie gesagt, diese Fälle werden ja im großen und ganzen nicht gern gesehen, aber da die Sachlage so vollständig geklärt ist, so glaube ich Ihnen in diesem speziellen Punkte das weiteste Entgegenkommen schuldig zu sein. Bitte, einen Augenblick.«

Damit öffnet er die weißlackierte Tür, die in den nebenan liegenden Dienstraum führt.

»Wachtmeister Böttcher.«

»Zu Befehl, Herr Landrat.«

»Setzen Sie sich gleich auf Ihren Gaul. Im Kreisanzeiger ist die Verordnung einzurücken, daß dem Tagelöhner Martin Kriews zu Nieder-Pümplow bei einhundert Mark Geldstrafe für den einzelnen Fall von keiner Gastwirtschaft und Destillation noch von einem Ausschank oder Kaufmannsbetrieb innerhalb unseres Kreises Spirituosen in irgendeiner Form verabreicht werden dürfen. Dem Gemeindevorsteher von Nieder-Pümplow ist diese Verordnung von Ihnen sofort persönlich zu überbringen.«

Und nach rückwärts gewendet, fügt Herr von Pital liebenswürdig gegen seine Besucher hinzu: »Sind Sie zufrieden mit mir, Herr Pastor? Haben Sie noch Wünsche, liebe Frau?«

»Ne, Herr Landrat. Nu's in Ordnung. Nu freu' dir, Kriews.«

Der Pastor aber meint, sich verabschiedend: »Nach menschlichem Ermessen haben wir heute ein wohlgefälliges Werk gefördert.«

Das sollte ein fröhlicher Nachmittagskaffee werden.

»Nu bin ich aber neugierig,« sagte Frau Sophie Kriews zu ihrer Tochter sowie zu ihrem voraussichtlichen Schwiegersohn, mit denen sie um den wackligen Birkentisch herumsaß, während die Beleuchtung des Raumes von einem tröpfelnden Talglicht ausging, das man auf den niedrigen Backsteinherd gestellt hatte.

»Jo, Mutting,« stimmte der Bräutigam zu, wobei er begierig nach einer Pflaumenstulle Ausschau hielt, die seine liebe Schwiegermutter eben zu streichen begann. »Paß auf, die Sache wird heil komisch.«

Aber die Erwartungen der Menschen werden getäuscht, aus der Zukunft wolkenverhangenem Tor tritt immer das andere heraus.

»Huch,« rief plötzlich Frau Kriews.

»Huch,« stimmten ihre Tochter und der künftige Schwiegersohn bei.

Um Gott, welch eine fragwürdige Gestalt erschien da eben unter der verbogenen Tür? Nein, nein, das konnte nimmermehr Martin Kriews, der Lächler, der ewig Holdgesinnte sein. Das war ein düstres, zerrissenes Menschenbild, das sich geduckt und mit scheuen, spähenden Blicken in dem kleinen Raume umschaute.

Dann schlich das fremde Geschöpf den Harrenden näher. Dumpf hieb er mit der Faust auf den Tisch, daß die Tassen zusammenklirrten, und die Pflaumenmusstulle, welche Frau Sophie eben zum Munde führen wollte, unvermutet mit der gestrichenen Seite auf den Tisch klappte.

»Huch,« schrie Frau Sophie entsetzt.

»Huch,« folgte auch diesmal der Bräutigam, obwohl sein Mitgefühl mehr der begehrten Stulle galt.

»Kriews, was is dich?« forschte die Frau, indem sie vor Schrecken den Mund zu schließen vergaß.

Allein der Gefragte schien nicht in der Stimmung zu sein, landläufige Gespräche zu führen. Wild donnerte er vielmehr noch einmal mit der Faust auf den Tisch, bis er endlich heiser flüsternd wie ein bissiges Tier hervorstieß. »Was sitzt ihr hier? Wozu is hier Gesellschaft? Was will Wilhelm Pölk hier? Wer is überhaupt Wilhelm Pölk? Ich kenn' ihm nich. Kenn' seine Absichten nich. Hat er überhaupt Absichten? Als Vater frage ich, ob er Absichten hat?«

»Aber Vatting,« wandte Frau Sophie gänzlich verständnislos ein, während sie zur Begütigung ihrem Schwiegersohn die etwas mitgenommene Pflaumenmusstulle in die Hand zu schieben versuchte. »Vatting, was is dich?«

»Was mich is? Viel is mich. Aber wen geht das was an? Bün ich nich Herr im Hause? Weib, ich frag' man bloß, bün ich Herr? Oder bün ich nich Herr? Donnerlüchting, nu tu den Mund auf.«

Allein die brave Gattin konnte vor Schreck kein Wort hervorbringen, und dies erregte ihren so plötzlich gebesserten Gatten nur noch mehr.

»Wo süht es hier aus?« schrie er in erneuter Wallung und stieß dabei mit dem Fuß gegen den wackligen Tisch, so daß dieser ein schmerzliches Ächzen hören ließ.

»Süht es hier nich aus wie in Sodom und Gomorrha?« Hier bückte er sich, langte unter den Tisch und brachte einen abgestumpften Reisigbesen hervor, den Frau Sophie bei ihren Reinlichkeitsbemühungen vertrauensvoll dort niedergelegt hatte.

»Was? ihr Weibsbilder?« tobte der beleidigte Hausherr, »und das soll Reinlichkeit sein? Bün ich ein Kuhstall? Bün ich ein Schweinekoben? Was bün ich eigentlich? Ich will nu bloß mal wissen, was ich bün?«

»Ja, aberst, liebes Vatting,« wollte hier der Bräutigam Wilhelm Pölk einwenden, jedoch gerade die Stimme dieses Unschuldigen schnellte den gereizten Vater auf den Gipfel seines Zorns.

»Kuck, das will hier mitsprechen. In meinem eigenen väterlichen Hause spricht das mit. Sag' eins, schämst du dir gar nicht in deinen moralischen Hals hinein? Möchtest du dir woll einmal die Türe ein bischen von draußen ansehen? Raus!« brüllte er plötzlich verstärkend hinterher, »raus. Es is mir unpassend, raus, sage ich, aus meinen elterlichen Hause.«

Und damit ergriff der Schäumende den Arm des verblüfften Freiers und schob ihn samt der heulenden Braut unsanft zur Katentür heraus.

»Vatting,« so bettelte die Tochter noch von draußen, »Vatting, um Gottes willen …«

»Ach was, es hat sich ausgevattingt, Ordnung muß ich machen in meinen sauberen Hause. Dazu bün ich als nobler Familienvater verpflichtet. Und überhaupt, nu packt euch, ihr görige Package. Denn nu will ich mit der hier anwesenden Frau mal ene reinliche Aussprache halten.«

So erfuhr nun Frau Sophie Kriews die Folgen ihrer läuternden Tat.

Überall zu Nieder-Pümplow war das Edikt des Landrats bereits bekannt geworden. Selbst die liebreiche Frau Krey hatte den bedauernswerten Martin schmerzerfüllt, aber dennoch von einem Hausknecht aus ihrem Krug weisen lassen.

Da war er zum Kaufmann gerannt.

Nichts. Verboten.

Er war in die Stadt hineingerast. Gotts ein Donnerwetter. Hier sollte es sogar schon durch öffentlichen Anschlag bekannt geworden sein. Gab es denn gar keine Gerechtigkeit mehr? Er wollte doch bezahlen, mit jenen Groschen, die er sich durch ehrliche Bemühungen auf der Landstraße erbettelt hatte. Und trotz alledem nicht? Hund, Hund verfluchter. Wie hatte die Welt das Recht, sich in seine heiligsten, eigensten Angelegenheiten zu mischen?

»Weib!« schrie Kriews, kirschbraun vor Wut. »Kümmer ich mich um die Leute? Was haben sie sich um mich hier zu kümmern? Demnächst werden sie woll kommen und deine Hitz- und Frostbeulens im Gesicht zählen. Donnerwetter, Weib,« unterbrach er sich plötzlich und starrte seine Ehehälfte in maßlosem Erstaunen an, »überhaupt, wo sühst du aus? Sühst du nich etwa aus, als wenn der Blitz in deinen Oberteil geschlagen hätt'? Und es wär' nu noch seine grüne und blaue Beleuchtung zurückgeblieben? Pfui Deuwel, wer hätt' das gedacht? Sophiing, du büst ja häßlich wie en alter Meerkater. Hast du dich in all die Jahren bloß verstellt? Oder büst du erst seit heut nachmittag so 'ne olle Landplage? Pfui! Wenn man dich ansieht, Mutting, da möcht' man sich ja 'ne Brill' von Schuhsohlen aufsetzen, damit man nich durchkucken kann. Ne, und überhaupt das ganze Anwesen hier. Diese Smutzerei laß ich mich nu nich mehr länger gefallen. Nu wird Ordnung gemacht.«

Bei diesen Worten griff der brave Kriews nach dem Stumpfbesen, fuhr damit wie besessen in die Ecken und stand alsbald von einer grauen Staubwolke umhüllt, die ihn den Blicken der entsetzten Gattin entzog. Aber sie wäre auch ohnehin nicht eine Minute länger mit dem Rasenden allein geblieben. Halb betäubt flüchtete sie aus ihrem sonst so friedlichen Katen, der während zwanzig langer Jahre die Stätte mild geflüsterter Liebesworte gewesen war und irrte, leise vor sich hinschluchzend, auf die finstere Landstraße hinaus.

So schritt sie in dem durchweichten Landweg dahin, während der Novemberregen sacht und unablässig herunterströmte.

Durch die Nacht bellte ihr etwas entgegen. Sie fuhr auf. Sollte das etwa der Hund des Schäfers Sturm sein? Freilich, freilich! Um diese Zeit da kam ja der Alte gewöhnlich die Dorfstraße entlang, um bei seiner Schafherde die Stallfütterung vorzunehmen. Und Schäfer Sturm, war er nicht der Weise des Dorfes? Konnte er nicht Suchten besprechen und die Zukunft deuten? Ja, ja, Schäfer Sturm war sicherlich auch der Mann, ihr über das Wunder Aufschluß zu geben, das sich im Moment in ihrem Hause ereignet hatte.

»Je – je – je –« jammerte sie plötzlich laut vor sich hin.

Der Schäfer hielt an. »Was is dich, mein Döchting?« fragte der lange hagere Mann, während Karo, sein Hund, laut bellend das Paar umsprang.

Da klagte Frau Kriews dem Lauschenden zitternd ihre Not. Der Schäfer dachte lange nach. Dann rieb er sich kräftig die Nase, zog sich die Mütze in die Stirn und pfiff ein paarmal vor sich hin, wie er es immer zu befolgen pfiegte, wenn er eine philosophische Gedankenreihe ordnen wollte. Darauf brachte er endlich hervor:»Nu weiß ich all, mein Döchting. Die Sache is eine von die umgekehrten Krankheiten, wo die Heilung viel slimmer is als das Übel. Aberst davon verstehen die Professers in der Stadt nichts, und du verstehst erst recht nichts davon. Aber kuck, mit Gottes gnädiger Hilfe wächst ein Mittel dagegen, und das will ich dich nu zeigen. Komm mit.«

Eine halbe Stunde später dröhnte das kleine Katenhaus von dem wohlgefälligen Lachen Martin Kriews, des ewig Arbeitslosen, wieder, denn siehe, zwischen ihm und seinem Besuch, dem alten Schäfer Sturm, prangte eine riesige Flasche des schönsten schwarzen Kirschlikörs, den der Schäfer durch ein besonderes Pulver noch besprochen und verstärkt hatte.

Ja, wer auch nur ein Glas dieses lieblichen Getränkes zu sich nahm, der fuhr direkt wie der Prophet Elias in einem feurigen Wagen gen Himmel. Und vor dem Wagen von Martin, dem seligen Lächler, waren bereits sieben solcher strahlend roter Wolkenpferde angeschirrt. Das flog nur so, trappelte und rauschte.

»Mutting,« schrie der ewig Glückliche, »Mutting, ich weiß gar nicht, ich hab' nachmittag woll slecht geschlafen und ganz was Kurioses geträumt. Denk dich bloß, mein Süßing, mich war das so, als hätt' ich hier ausgefegt. Nu denk' dich bloß, so eine Dummheit, bei deine Sauberkeit, wo es so blitzblank aussüht, daß der Kaiser von Deutschland mit dem Kaiser von Rußland auf unsern Erdboden essen können. Und denn, Mutting, ich glaub', denn hab' ich noch in meinen Traum Wilhelm Pölk hier rausgesmissen. Nu nimm mal an, Wilhelm Pölk, den smucksten und nobelsten Menschen, der eine Gesinnung hat als ein richtiger Edelmann. Ne, wo kann man bloß, mein Süßing.« Und sich unterbrechend schlang er plötzlich die Arme um den Nacken von Frau Sophie und stammelte in seliger Verzückung. »Nehmen's nich übel, Herr Schäfer Sturm, ich weiß woll, das paßt sich nich für einen guten Hausvater, aber was hat mein Sophiing nich für einen weißen Swanenhals. Süht sie nicht aus, wie das leibhaftige Sneewittchen in dem gläsernen Sarg mit die sieben Zwerge? Ne, Sophiing, unsre Tochter Lening ist woll schön und tugendhaft. Aber gegen dir, Mutting, da kann sie mir einfach leid tun. Denn du büst weiß und rot, wie ein ganz junges Ferkel, wenn es in seinem neugeborenen Zustand is. O Mutting – o Herr Schäfer – was bün ich glücklich, und wie gut is die Welt, und was sünd die Menschens für holde Geschöpfe.

»Nu kommen Sie eins raus,« forderte der Schäfer Frau Sophie nachdrücklich auf. Und als sie beide unter dem rauschenden Novemberregen standen, da tippte der Alte seiner Gefährtin nachdrücklich auf den Arm, pfiff seine philosophische Melodie und äußerte endlich sehr bedeutsam: »Daraus kannst du dich nu zweierlei merken, mein Döchting. Erstens, daß nur die Dummheit gegen die Gewohnheit in den Krieg zieht. Und zweitens – und das is die

Hauptsache – daß ein Rausch allemal was Segensreiches is und auf den Menschen von oben ausgegossen wird wie en milder Frühjahrsregen auf die harte Erde. Denn süh, mein Döchting, manches Erdreich is so hart, daß es ohne diesen Guß nur giftige Dämpfe von sich geben würd. Da hat denn eine besonders gütige Macht Einsicht gebraucht und die Menschens das gegeben, ohne was sie gar nicht sein können. Nämlich den Rausch. Und wenn en Boden so fest und trocken is, daß er den natürlichen, von Gott gewollten, nicht mehr aufnimmt, denn muß man ihm eben einen künstlichen beibringen. Und das tu du nu ümmer, mein Döchting, mit anderthalb Liter den Tag. Mehr nicht. Dann aber wirst du auch sehen, daß es wirkt wie feines Öl. Das Schwere, die sogenannten lieblichen Eigenschaften, die eigentlich gar nicht zu ihm gehören, die bleiben oben; das Niederträchtige aber und das Gemeine, die das eigentliche Wesen ausmachen, die werden runtergedrückt und sinken sich auf den tiefsten Grund.«

Und als der Weise von Nieder-Pümplow so sprach, da klirrte es anheimelnd aus dem engen Katen heraus, und im vollen Rausch der Seele sang Martin Kriews, der ewig Arbeitslose, sein Liebingslied:

»Des Menschen höchstes Glück auf Erden
Ist lieben und geliebt zu werden«.

Die verbotene Ehe

»Schu-huch,« fauchte der Blasebalg in der großen Dorfschmiede des Riesen Tibäul, »schu-huch – schuh-huch.«

Die Feuer spritzten, blaue und gelbe Flämmchen zuckten auf, wie Wunderblumen, die nur eine Sekunde blühen, und dann rasselte wieder die eiserne Kette des Balges, denn die mächtige Faust des schwarzen Struwelkopfes Levin Tibäul zog an ihr, während seine Linke mit ungeheurer Zange etwas Weißglühendes unter den Holzkohlen hin und her wandte.

»Schu-huch – schu-huch,« atmete die gewaltige Brust der Werkstätte. Feuchter Schweiß troff an den Wänden herunter, und der ganze rote Ziegelraum tauchte sich in Glut, gleichsam als ob eine Stirne sich vor Mühe und Arbeit rötet. »Schu-Huch – nu man düchtig – ümmer düchtig – schu-huch,« so klang es.

Dazwischen aber dröhnte der junge Schmied aus gewaltiger Kehle:

»Mein Schätzing, mein Kinding,
Ich sagt' es dich noch nie,
Du hast ein rotes Münding
Und hast ein weißes Knie –

Schu-huch – schu-huch –

Ich bün verliebt in sie.«

»Krach-bum,« schmetterte der schwere Hammer auf den Amboß, wie wenn er die Baßbegleitung donnern müßte, und sofort schrie der junge Schmied noch wütender als Versicherung dagegen auf:

»Ich bün verliebt in sie.«

»Na, nu laß man,« beruhigte aus der fernsten Ecke eine rollende und grollende Stimme, und Vater Tibäul, der in jener Ecke beim Kühlzober einen knisternden Radreifen bog, leicht und liebkosend, als streichele er in jüngeren Jahren über eine blühende Wange, Vater Tibäul klopfte auf seine riesige Lederschürze, griff darauf an die mächtig vorspringende Hakennase, die wie ein Geier auf den urwäldlerischen grau-schwarzen Zottelbart herablugte, und meinte augenzwinkernd:

»Na, nu laß man, Wining, ich weiß all.«

»Woso?« schrie der Sohn und riß noch ärger an der Kette. Schuhuch – schu-huch – »Was weißt du?«

»Nu ich weiß,« bestätigte der Meister schlau.

»Du weißt nichts,« widerlegte der Sohn.

»Nu, so weiß ich nichts,« lenkte der Alte kopfnickend ein. »Laß man, Wining. Aber nu sag' eins, was wirkst du da eigentlich for ein zierliches Ding?« damit zeigte er mit der gewaltigen Faust nach dem Feuerherd.

»Das ist ein Geheimnis,« brüllte Levin und senkte das Struwelhaupt so tief, als müßten nun seine Haare unweigerlich in der Glut aufflackern. »En verstecktes Geheimnis is das.«

»Gut, wenn es en verstecktes Geheimnis is, denn will ich auch nich länger hinkucken. Geheimnissen müssen allein und in Verswiegenheit bleiben. Aber nu kuck mal durch das Fenster, mein Jung', da kommt auch en Geheimnis, Müller Bossen seine einzige Tochter Ida – hallo, mit enen richtigen Blumenstrauß in die Hand. Pflückt auch woll Geheimnissen. Nu, wo werd' ich? Ich sag' bloß, Müller Voß is en guter Mann, is en schwerer Mann, 's sind gute Leute. Worum nich? Ich bün auch for Geheimnissen.«

Und damit öffnete der alte Riese vorsichtig das niedrige Seitenpförtchen, bückte sich tief und schritt schmunzelnd davon:

»Ganz gut,« murmelte er noch leise vor sich hin, »worum nich? Es is eine hingelegte Sache.«

Ja, da stand nun »lütt Idsch«, wie Müller Vossens Einzige genannt wurde, unter dem halb offenen Tor der Schmiede, streckte den Blumenstrauß vor sich hin und lugte neugierig nach dem Tun des jungen Schmiedes. Hinter ihr sah man einen blauen Streifen der See vorüberfluten, und von diesem blauen Band hob sich das schmale Köpfchen, um das sich die braunen Zöpfe so keck und zuversichtlich herumschlängelten, lustig und lichtvoll ab. Warum aber blieb es geraume Zeit still zwischen den beiden?

Wer weiß das?

Sie scheuten sich, schämten sich; und dann, die Kinder des Nordens nehmen diese beredte Stille, die so leise und innig zu erzählen weiß, liebevoll ans Herz.

So waltete Ruhe, nur der Seewind stieß einmal gegen das Tor, raschelte um die Röcke der Dirn' und fuhr dann durch die Esse.

»Schu-huch.«

Da hub das Mädchen an:

»Du,« sagte sie, während sie die Strandblumen noch etwas weiter hereinreichte. »Ich bin nu hier.«

»Ja,« knurrte Levin abgewandt durch die Zähne, ohne scheinbar Mädchen noch Bukett zu bemerken.

Sie fuhr fort: »Was war das für ein Lied, das du vorhin sangst?«

»Ein Lied? – Ich weiß von keinem Lied.«

»Doch.«

Aber plötzlich jauchzte der Blasebalg auf, daß die Feuer blinkten und stoben, und indem der Schmiedegesell einen furchtbaren Schlag auf den Amboß führte, stammelte er so halb vor sich hin: »Du, das Lied hab' ich gemacht.«

»Was?«

»Ja, ich hab' all öfters so was gemacht.«

Als er dies gestanden hatte, da rasselte wieder die Kette, tausend rote Feuerrosen taumelten über die Wände, und die furchtbare Stimme dröhnte halb in Scham:

> »Mein Schätzing, mein Kinding,
> Ich sagt' es dich noch nie,
> Du hast ein rotes Münding
> Und hast ein weißes Knie.«

Schu-huch – schu-huch –

»Ich bün verliebt in sie.«

Krach – bum – schmetterte der schwere Hammer, wie wenn er die Baßbegleitung donnern müßte.

Dann herrschte wieder Ruhe. Die Flämmchen sanken in sich zusammen, aber lütt Idsch nestelte gesenkten Hauptes in ihren Blumen. Ihre Hand zitterte ein wenig.

»Das war hübsch,« atmete sie endlich nach einer Weile, wobei sie versuchte, ihre blauen Augen, die der Rauch empfindlich zu beizen schien, gegen den Abgewandten zu erheben. Und nach einer Pause setzte sie sehr unsicher hinzu:

»Für wen hast du das gemacht?«

»Ja, für wen woll?«

Da trat sie ihm etwas näher: »Ich hab' hier Blumen.«

»So? Blumen?«

Kaum merklich schielte er zur Seite auf das Bukett. Im nächsten Augenblick jedoch hob er schon wieder mit seiner Zange einen winzigen, weißglühenden Gegenstand aus den Holzkohlen.

Da tippte sie ihm zum zweiten Male sacht auf die Schulter:

»Das sieht ja fast wie ein Herz aus,« stotterte sie.

»Nich wahr?« gab er unsicher zurück.

»Für wen is das?«

»Je, das kommt drauf an.«

»Ach, murmelte sie betroffen.

Jetzt ließ er sein Kunstwerk in dem Kühlzober anzischen, befestigte es an einer ganz feinen Stahlkette, die er ebenfalls verfertigt hatte, und schritt dann rasch auf sie zu:

»Da.«

»Was soll ich?«

»Bloß eins umlegen.«

Und nachdem das kleine eiserne Herz auf dem ihren ruhte, da hob und senkte sich ihre Brust so schnell und atmend, genau so, wie sich vorhin der Blasebalg gedehnt hatte.

»Schu-huch.«

»Lütt Idsch,« sagte Levin, jetzt vollkommen durch ihre Fassungslosigkeit in Verwirrung gebracht: »Ich möcht' – ich wollt' – dürft' ich dich dafür vielleicht einen einzigen lütten Belohnungskuß geben?«

Sie regte sich nicht, fröstelte nur ein wenig und sah ihn an:

»Ja, wenn du so gut sein willst,« erwiderte sie endlich, kaum verständlich.

Kaum war's verklungen, so faßte er sie jauchzend mit seinen rußigen Armen um, und nachdem sie ihm noch wie zur Abwehr, einen Moment den Strauß dicht vor das Gesicht gehalten hatte, bot sie ihm plötzlich voll und besinnungslos ihre Lippen.

»Da.«

»Ach Gott, schön' Dank auch,« stotterte er glückselig. Darauf begannen sie ganz unvermittelt in der Schmiede herumzutanzen, bis er die schlanke Gestalt hoch in die Höhe hob, um sie zum Schluß vorsichtig auf den Werktisch niederzulassen.

Dort saß sie und schlenkerte mit den kleinen Füßen.

»Nun büst du meine Braut, lütt Idsch,« so schrie er wie besessen.

»Was sonst? – Natürlich,« lachte sie. »Glaubst du, daß ich sonst so was zulassen würd'?«

»I bewahre, – natürlich nich,« brüllte er, »und was ich dich nu alles schenken werd'. Paß bloß auf. Schürzen und Ringe und Unterröcke und einen richtigen gelben Karnalljenvogel.«

»Ja, so gehört es sich,« bestätigte sie, »und ich geb' dich auch immer einen Kuß dafor. Bloß« – hier lachte sie hell auf – »komisch bleibt es doch.«

»Was, meine liebe Braut, mein Süßing?«

»Nu das mit die Religionen.«

»Wieso Relijonen?«

»Na, weißt du denn nich? Meine Mutter is doch katholisch, und ich bün protestantisch, und du? – sag eins, is es denn wirklich wahr?«

»Ja,« stotterte er und strich sich mehrmals unsicher über die Brust, »ich weiß auch nich, wie es kommt, aber ich bün – –«

Da hielt sie ihm hastig den Mund zu:

»Still – ich verzeih es dich, wenn du mich man recht liebhast. Nich wahr, das hast du doch? Das andere wollen wir all zurechtkriegen.«

»Ja, Idsch, da is keine Frage.«

Damit hob er sie nochmals in die Höhe, und diesmal begann er regelrecht mit ihr zu tanzen, einen grobschlächtigen, feierlichen Kegelwalzer, wie ihn Leute mit solch großen Füßen üben. Das lose Ding aber lehnte sich über seine Schulter und summte ihm vergnügt ins Ohr:

>»Mein Schätzing, mein Kinding,
>Ich sagt es dich noch nie«

da schmetterte er zur Antwort, indem er mit täppischen Fäusten ihre weichen Glieder zu streicheln versuchte:

>»Du hast ein rotes Münding
>Und hast ein weißes Knie.«

Und dann beide zusammen:

>»Schu-huch – schu-huch
>Ich bin verliebt in sie.«

Ja, solch ein Brautpaar zu sehen, war eine rechte und natürliche Freude.

* * *

Allein trotzdem – wiewohl – indessen – freilich – Es gab Leute, die diesen Liebesbund durchaus unnatürlich fanden. Und es waren drei Herren, deren Ansichten keinen gemeinen Tageskurs besaßen.

Eines schönen Morgens fragte in Grimmen der Herr Pfarrer Friderici seine Haushälterin Frau Brandenburg, die statt seiner die Personalverhältnisse seines weiten Sprengels in Ordnung hielt, denn seine Herde war nur dünn gesät und über sechs pommersche Städte verbreitet, »sagen Sie mal, liebe Brandenburg – apropos, der Kaffee duftet übrigens ausgezeichnet, ein treffliches Aroma – halten Sie diese Mesalliance, ich meine dieses durchaus ungehörige Verlöbnis, wirklich für Wahrheit?«

Und als ihm das mit weinerlicher Entrüstung bestätigt war, da schüttelte er ungnädig die wallenden Locken, die seine Tonsur fast vollkommen verdeckten und äußerte: »Schön. *Roma nondum locuta est.* Wir werden ein Wort mitsprechen. Brandenburgen, meinen Mantel, und Johann soll sogleich anspannen.«

So sprach der Herr Pfarrer Friderici.

Ganz dicht aber bei der Wohnstätte der nichts ahnenden Brautleute fuhr am selben Vormittag Pastor Knaak herrisch von seinem Mahagonischreibtisch auf, klappte mit der Hand ein paarmal ärgerlich auf die Tischplatte und sammelte sein Gefühl endlich in dem Ausruf: »Lächerlich, einfach lächerlich. Man wird diesen leichtsinnigen Leuten ins Gewissen reden oder sich zum mindesten Garantien schaffen müssen. Gewiß! Mit den diesbezüglichen Garantien würde man sich im schlimmsten Falle zufrieden zu geben haben. Sofie, meinen Spazierstock.«

Und damit diesem geistlichen Feldzug auch das älteste und auserwahlteste Banner nicht fehle, so erhob sich an diesem schönen Gottestage der alte Rabbiner Doktor Karfunkel drinnen in der Stadt mißmutig von seiner Lagerstatt, pflanzte sich in tiefem Sinnen vor der weißen Ruhestätte seiner Gattin auf und rechnete endlich, sich hinter dem Ohr krauend: »Weißt du was, Rosalie, es ist mir betrübend, daß die menschliche Mildherzigkeit, nun, sagen wir das Gemüt, gewissen Grenzen unterworfen ist. Haben wir nicht alle Jahre von dem alten Tibäul draußen in Nieder-Pümplow um diese Zeit eine fette Gans erhalten? Nun, ja, wir haben keinen Anspruch darauf. Gott behüte, nicht einen Schatten von einem Anspruch. Aber doch, wie ein schönes Erinnerungszeichen war nicht die Gans an jenen Tag, wo die beiden Tibäuls einstmals vor mir unter dem Trauhimmel gestanden haben. Soll man wirklich solche Beziehungen einschlafen lassen? Wie gesagt, es ist mir nicht wegen des geringen Vorteils.«

»Doch,« widersprach Frau Rosalie mißfällig und setzte sich in ihren Kissen zurecht. »Du sagst das so, bei den heutigen Preisen. Und dann, hast du an das schöne Schmalz vergessen, das so weiß aussah wie frischgefallener Schnee?«

»Schmalz?« Dieser Lockung vermochte der Doktor Karfunkel nicht zu widerstehen. »Schmalz,« wiederholte er, »nun, wie gesagt, es geht mir nicht deswegen. Aber siehst du, Rosalie, ich bin ängstlich, ängstlich bin ich in meinem Gemüte, was bei den alten Tibäuls geschehen ist. Wie kann man wissen? Er kann sich zerschlagen haben mit einem von diesen großen Hämmern die Hand oder den Fuß oder gar den ganzen Kopf. Ich halte es für Menschenpflicht, ich sage es dir, für eine ganz dringende, mich einmal nach den Leuten umzusehen, und das werde ich sofort.«

Frau Rosalie rief ihm noch nach, »sprich aber nicht direkt von der Gans.«

»I wo, es ist mir nur zu tun wegen des Spazierganges und der Erkundigung.«

So zog auch das dritte Banner nach Nieder-Pümplow. Allein, als Doktor Karfunkel in der Schmiede angelangt war, da wurde ihm die Auskunft, daß sich Vater und Sohn in der Mühle des Windmüllers Voß befänden, allwo unter allseitiger Zustimmung gerade die Verlobung des jungen Levin gefeiert würde.

»Welch ein Wunder! Wieso Verlobung?« zuckte der Rabbiner zurück, wobei liebliche Bilder von ganzen Bächen weißglänzenden Schmalzes durch seine Vorstellung zu fließen begannen. Jedoch plötzlich stutzte er. »Beim Müller Voß?« fuhr es ihm mißtrauisch durch den Sinn. »Wieso? Um Gottes willen. Sie müssen nicht wissen. Oder sollten die Leute so modern und abtrünnig –? Hol der Henker die Gans. Was hat meine Rosalie immer mit der Gans? Hier geht es um die höchsten Interessen der Menschheit. Gerechter Gott, was erlebt man alles in dieser neuzeitlichen Welt.« Damit zog er sich den alten, molligen Zylinder tief in die Stirn, drückte den mit einem goldenen Knopf gezierten spanischen Stock kampfbereit in das feuchte Erdreich und eilte schnurstracks zur fröhlichen Verlobung, ein Hoherpriester, feurig wie die Flamme des Herrn. »Nun, ich werd' reden. Ich werde ihnen sagen,« murmelte er vor sich hin.

* * *

Inzwischen geht es in der Windmühle bei Müller Voß hoch her. Der große Raum zur ebenen Erde, wo sonst die gefüllten Mehlsäcke lagern, ist heute sauber gefegt, und selbst der Umstand, daß sowohl an den Wänden wie auf der glatten Diele die Mehlspuren wie frischgefallener Schnee glänzen, erhöht nur die allgemeine Feierlichkeit. Da sitzen sie alle um den gewaltigen, runden, gelbflammigen Birkentisch, das Brautpaar, die beiderseitigen Eltern und die drei Müllerknechte Klaus, Jochen und Stöffe, deren Antlitz ebenfalls glänzt vor Mehl und Zustimmung, und deren Leiber durch das Übermaß genossenen Festkringels beinahe schon den vollgestopften Säcken ihres Brotherrn gleichen.

»Hoch! Hoch!« schreit Klaus nach jeder vertilgten Tasse Kaffee.

»Hoch!« antwortet Jochen bei solcher Gelegenheit, noch schluckend.

»Hoching!« schließt sich Stöffe jedesmal tiefgerührt an, indem er der Müllerin seine Tasse zu neuer Füllung entgegenreicht.

Überhaupt die allgemeine Begeisterung wächst und schwillt. Namentlich der alte Tibäul und der Brautvater liegen sich fast beständig freundnachbarlich in den Armen, und jedesmal, wenn das Brautpaar sich eine Zärtlichkeit erweist, so fühlen die beiden Väter sich verpflichtet, dies gleichfalls durch einen gegenseitigen Kuß zu bestätigen.

»Wie schön, stoßen nicht unsere beiden Anwesen zusammen,« meint dabei Vater Tibäul träumerisch. »Und die Mühle hier, Bruderherz, soll doch auch schuldenfrei sein. Nu, wie gesagt, es is eine hingelegte Sache.«

Der ewig zapplige, winzige Müllervater jedoch springt zur Antwort um den Tisch herum, bis er wieder bei seinem Herzbruder landet, ihm ins Ohr flüsternd:

»Und die Sparkassenbüchers von dir in die Stadt? Fein. Ich sag' bloß fein.«

Worauf sich die beiden Verbündeten von neuem küssen, während die Frau Müllerin, die sehr melancholisch und empfindsam veranlagt ist, regelmäßig ihr Taschentuch zieht, um einige notwendige Tränen zu vergießen.

»Hoch,« murmelt Klaus, der den Mund vor Kuchen nicht mehr aufhalten kann.

»Hoch,« fällt der in Konkurrenz kauende Jochen ein.

»Hoching,« hustet Stöffe, dem Kringel, Kaffee und Rührung in die Kehle geraten sind.

Oh, welch ein stilles, freudereiches, harmonisches Fest.

Da knarrt die Tür, und in der Öffnung zeigt sich eine majestätische, schwarz gekleidete Gestalt, die fast den ganzen Rahmen ausfüllt.

»Is das nich?« ruft Müller Voß verdutzt.

»Ja, gewiß, das is der Herr Pfarrer Friderici,« fährt die Müllerin auf, indem sie vor Schreck und Ehrfurcht einen Knix vollführt, so daß ihr Stuhl dem würgenden Stöffe in den Schoß fliegt. »Herr Gott, der Herr Pfarrer, welche Ehre.«

»Was will er denn?« hat Müller Voß gerade noch Zeit, seiner Ehehälfte zuzuflüstern.

Dies wird aber sofort deutlich. Der Pfarrer tritt näher, und während er langsam und mit schöner, gemessener Bewegung den breitkrempigen schwarzen Filzhut abnimmt, sieht er sich würdig, jedoch bereits leicht vorwurfsvoll in dem heiteren Kreise um, bis seine Augen sich mit denen von Vater Tibäul begegnen; da schüttelt er verweisend das Haupt.

»Ja, meine liebe, teure Frau Voß« beginnt er, denn die Seele dieser melancholischen Frau gehört ihm zu eigen, »ich setze voraus, daß Sie mich bei einem so wichtigen Ereignis, das sich in Ihrer Familie zu vollziehen im Begriff steht – denn ich hoffe, es hat sich noch nicht definitiv vollzogen – nicht wahr, ich gehe in der Annahme nicht fehl, daß Sie mich in diesen letzten, schweren und bedeutungsvollen Tagen innerer Seelenunruhe gewiß schon lange erwartet haben.«

Innere Seelenunruhe? Die Frau wird rot, stammelt etwas, blinzelt nach ihrem zappligen Ehemann, der unaufhörlich mit den Füßen wippt, und erwidert endlich ganz steuerlos, sie hätte wohl, das heißt, sie wüßte nicht recht, und wenn der Herr Pfarrer vielleicht so gut sein wollte – en bischen Platz zu nehmen – –

Wieder schüttelt Hochwürden mit bitterer Ablehnung das graue Lockenhaupt: »Meine liebe Tochter,« greift er schon etwas stärker nach, »haben Sie vergessen? Damals, als der Herr Ihnen dies holdblühende Töchterchen gewährt hat, versprachen Sie mir da nicht in einer feierlich ernsten Stunde, gewissermaßen an Beichtes Statt – –«

»Herein!« schrie Müller Voß.

»Herein,« brummten die drei Müllerknechte hinterher, denn diesmal war an die Tür mit heftiger Hand dreimal hart und energisch geklopft worden, und ohne sich um eine weitere Einladung zu kümmern, eilte mit festen, schallenden Schritten der lange, hochaufgeschossene, blonde Pastor Knaak zu der verwunderten Gesellschaft.

»Guten Tag, meine Lieben,« warf er eilfertig hin, indem er mit seinem Stock nervös auf dem Birkentisch herumhämmerte, wie wenn sein Vorhaben in einer Minute erledigt sein müsse. »Guten Tag – guten Tag,« und dann mit einem plötzlichen Zurückweichen, »ah, ergebener Diener, Hochwürden. Welch ein Zufall, daß wir uns beide treffen.«

»Es ist mir eine Freude,« schob Hochwürden mit einiger Zurückhaltung ein.

»Ja – ja, gewiß, ich vermute jedoch, Hochwürden erscheinen gleichfalls, um –«

»Wieso, was meinen Sie, Herr Pastor?« widersprach der Pfarrer mit seiner schönen, majestätischen Haltung. »Ich wüßte nicht –«

Allein Pastor Knaak, ganz von dem kategorischen Imperativ und lichter, reiner Vernunft erfüllt, zudem ein Anhänger bismärckischen Zugreifens, gedenkt sich nicht länger bei der Vorrede aufzuhalten. Hastig schreitet er auf den kleinen Windmüller zu, legt ihm wuchtig beide Hände auf die Schultern, um ihn darauf so eindringlich zu schütteln, als müsse er einen Betörten ein wenig zur Besinnung bringen: »Aber, lieber Voß,« ermahnt er mit seiner scharfen Armeestimme, »wenn es mir auch fernliegt, mich in Ihre persönlichen Verhältnisse und Empfindungen einzumischen, denn Sie wissen, es ist der wichtigste Grundsatz unserer Kirche, unseren obersten Richter, also das Göttliche, gewissermaßen auf dem Richterstuhl unseres eigenen Innern thronen zu lassen – in diesem Sinne wenigstens hat es uns Martin Luther gewiesen –«

Hier hustet der Pfarrer, öffnet weit seine großen Feueraugen und beginnt, den Prediger dieses Bekenntnisses von oben bis unten zu messen. »Hm,« räuspert er sich halblaut.

Jedoch der eifrige Pastor Knaak wendet keinen Blick nach ihm. »Sie dürfen es mir nicht übelnehmen, mein lieber Müller,« fährt er fort, »aber Sie haben einen Schritt von dem guten Wege des Heils gemacht. Denn obwohl ich zugeben muß, daß der Herr Schmied Tibäul sowie die zu ihm Gehörigen im großen und ganzen eine achtungswerte Familie sind – ich selbst habe die Tür meines Schweinekobens ja erst neulich von ihm mit neuen Scharnieren verfestigen lassen – so scheint es mir auf der anderen Seite doch sehr vorschnell, unüberlegt und wenig christlich von Ihnen gehandelt, mit Bekennern eines alten, überwundenen – ja – Herr Tibäul, ich bitte, mich recht zu verstehen – sogar rohen und blutigen Glaubens in eine engere Familienverbindung zu treten. Und sollte man sich schließlich auch über dieses Letzte, Äußerste hinwegsetzen, dann müßte doch unter jeder Bedingung von dem jungen, hier anwesenden Manne ein Entschluß gefaßt werden, der es unmöglich macht ...«

»Halt!« rief hier Pfarrer Friderici, dem eine starke Glutwelle plötzlich bis unter die Augen gestiegen war. »Herr Pastor, Sie wissen vielleicht nicht, daß ein altes, heiliges Versprechen der hier anwesenden Frau Voß mich berechtigt, nein, wahrlich, sogar verpflichtet ...«

»Wie? Was? Meinten Sie etwas, Hochwürden?« ätzte die scharfe protestantische Stimme bei dieser Gelegenheit ziemlich unwirsch. »Ich dächte, ich dürfte doch wenigstens unserm Gemeindemitglied Herrn Voß, ungestört durch römische Einmischung, klarzumachen versuchen, daß die Stimme des Herrn laut durch mich ruft –«

»Herein,« stotterten die drei Müllergesellen, die während dieses sich anhebenden geistlichen Kampfes trauervoll auf den feinen Verlobungskringel gestarrt hatten, »herein.«

Unter der Tür dienerte etwas, wagte jedoch dieser zahlreichen Versammlung vor der Hand nicht näherzutreten. »Verzeihen Sie, Herr Müller Voß,« entschuldigte sich Doktor Karfunkel, den die andern beiden Geistlichen atemberaubt, ja fassungslos anstarrten, »ich weiß, ich habe nicht das Vergnügen. Ich erlaubte mir auch nur zu Herrn Schmied Tibäul – und weil ich ihn nicht zu Hause antraf, da hier eine Verlobung gefeiert werden soll –« er trat einen Schritt vor, faßte den alten Schmied sowie das Brautpaar prüfend ins Auge und wiegte wehmütig das Haupt. »Nun, ich meine,« fügte er mit beruhigendem Lächeln hinzu, »es wird ein schlechter Scherz gewesen sein, und ich würde mich freuen, lieber Tibäul, wenn Sie geneigt wären, mir in aller Freundschaft darüber einen kleinen Aufschluß, Sie wissen schon, 'ne ganz private Andeutung zu geben. Man möchte doch etwas Sicheres wissen. Nicht wahr?«

»Ganz recht, völlig meine Ansicht, etwas Sicheres,« rief nunmehr seine Hochwürden, der sich, wie fast immer, zu dem Vertreter des starrsten Prinzips innerlich hingezogen fühlte, und dabei pflanzte er sich kampfbereit an der Seite des Rabbiners auf. »Und deshalb möchte ich gleich bemerken, ich bin keineswegs hierhergekommen, um irgendwie den beiderseitigen lieben Familien auch nur die geringsten Schwierigkeiten zu bereiten. Dazu sind es ja alles viel zu prächtige und gute Leute. Auch von etwas Rohem oder sogar Blutigem, von dem der Herr Pastor vorhin zu sprechen beliebte, kann ich in dem Wesen der Familie Tibäul selbst beim besten Willen nicht das geringste entdecken.«

»Bitte, erlauben Sie,« unterbrach hier der Pastor nervös, »wie können Sie ...«

Und auch Doktor Karfunkel setzte etwas kümmerlich, doch sehr vorwurfsvoll ein, »wieso blutig? Wenn das vielleicht eine Anspielung –«

Doch der Pfarrer legte ihm nur weich seine volle, schöne Hand auf die Schulter und meinte augenzwinkernd: »Keineswegs, mein lieber, verehrter Herr Doktor, im Gegenteil. Hege ich nicht vor Ihrem Charakter und Ihrer Wissenschaft, ja sogar vor Ihrem ganzen Kultus die allergrößte und berechtigste Hochachtung? Und wenn ich mir bei dieser ganzen Angelegenheit, die ja bisher ein so schönes und herzliches Gepräge zu tragen scheint, überhaupt etwas zu bemerken erlaube, so handelt es sich lediglich um die Sicherstellung gewisser Versprechungen, welche mir die hier anwesende Frau Voß in einer zugleich schmerzlichen und glücklichen Stunde einstmals gewährleistet hat.« Mit voller Pracht und edlem Schwung, wie wenn eine unsichtbare Kardinalschleppe hinter ihm herschleife, trat Hochwürden sodann vor das junge Paar. »Ja, meine lieben Kinder, nichts lege ich Eurer Liebe in den Weg. Seid ebenso glücklich, wie sich Eure Herzen harmonisch zusammengefügt haben, und das einzige, was ich im Namen eines alten Gelöbnisses und zur Ehre und Wahrung unseres alleinseligmachenden Glaubens von euch, von dir, mein junger Mann, besonders verlange, besteht darin, daß die Pfänder eurer zukünftigen Gemeinschaft jenem trostreichen, alles vergebenden Glauben geweiht sein müssen, dem deine hier anwesende Schwiegermutter seit ihrer Kindheit mit aller Innigkeit ihrer Seele angehangen hat.«

Solange hatten sich Pastor Knaak und Doktor Karfunkel in stummem Mienenspiel einander ihre durchaus von dem eben Gehörten abweichenden Ansichten begreiflich gemacht. Nun aber ertrug es der feurige Pastor Knaak nicht länger. Sollte man sich denn immer von römischem Übermut und jesuitischer Diplomatie aus dem Felde schlagen lassen? »Und wo bleibt die strenge, sittliche Forderung?« fuhr er in vollem Zorn auf. »Was, Zukunft? Ich verlange, ich fordere mit aller Bestimmtheit, vorausgesetzt, wenn überhaupt meine Zustimmung verlangt und gegeben werden soll, daß sich der Bräutigam sofort zu der Konfession der Braut bekennt. Herr Doktor Karfunkel, ich rufe Sie zum Zeugen auf. Können Sie sich, verehrter Herr, überhaupt eine glücklich fundierte Ehe denken, in der nicht beide Kontrahenten einen Glauben und eine Hoffnung teilen? Bitte, Herr Doktor, antworten Sie.«

»Er ruft mich auf!« klang es mit leiser Entrüstung dagegen. »Nun, da muß ich doch einwenden, hochverehrter Herr Pastor, wo steht geschrieben, ich frage wo, daß es gerade das Bekenntnis des hier anwesenden Fräulein Braut sein muß, welches ...?«

Da warf auch der Pfarrer seine Gemessenheit plötzlich ab: »Halt,« unterbrach er mit einer fliegenden Hitze, wobei er den Rabbiner heftig am Arm ergriff. »Und ich rufe Sie gleichfalls zum Zeugen auf, Herr Doktor. Habe ich nicht die äußerste Selbstbeschränkung geübt, da ich nur die Zukunft für mich in Anspruch nahm? Verlange ich etwa einen Konvertiten, wie es der Herr Pastor so selbstbewußt fordern zu müssen glaubt? Beileibe nicht! Unsere Ansprüche sind milde. Sie beruhen stets auf der ganz genauer Kenntnis des menschlichen Lebens. Ich bitte Sie, sprechen Sie offen, mein lieber Herr Doktor! Urteilen Sie ganz ohne Voreingenommenheit. Welchem Standpunkt fühlen Sie sich näher? Haben Sie das größte Vertrauen zu mir.«

»Nu, wenn ich ganz offen urteilen soll, Euer Hochwürden,« brach nun der Rabbiner los, dem vor Wut die Hände zitterten, »so möchte ich mir festzustellen erlauben, daß es doch eigentlich unser Glaube ist, der die ältesten, ihm vom lieben Gott selbst bekräftigten Vorrechte besitzt. Haben Sie vergessen, was am Sinai unter Donner und Blitz geschah? Ich bin tolerant, nun ja, ich folge der modernen Wissenschaft, gewiß, ich bin sozial, auch gut, aber Sie müssen mir schon gestatten, wenn ich überhaupt grundsätzlich gegen alle solche Mischehen –«

Hoch hob er den Arm, bewegte ihn warnend in der Luft und schlug sich mit der anderen Hand schallend vor die Brust.

»Jawohl,« fiel hier Pastor Knaak fortgerissen ein, erhob ebenfalls den Arm und bewegte den Zeigefinger dozierend in der Höhe. »Recht haben Sie. Keine Konzessionen, keine Halbheiten. Herr Voß, ich frage Sie hiermit zum letztenmal. Wird es Ihnen gelingen, Ihren künftigen Eidam zu sich herüberzuziehen, oder nicht? Wehe, durch wen Ärgernis in die Welt kommt. Und ärgert dich dein rechtes Auge, so reiß' es aus. Haben Sie auch bedacht, daß eines Tages der Lindwurm der Reue sein Haupt erheben kann und wie Sie dann vor den inneren Vorwürfen in die Knie brechen werden? Haben Sie das alles bedacht?«

»Wahrhaftig? Schämen Sie sich nicht, Herr Schmied Tibäul?« fiel hier Doktor Karfunkel ohne Besinnung aus seiner Rolle, »schämen Sie sich nicht, daß Sie sich auf eine solch ausgefallene Sache einlassen? Is es nich etwas Großes um den Glauben unserer Väter? Um unsere ganzen Einrichtungen? Ja, sogar um das Gedrückt- und Geknechtetwerden? Ich sage Ihnen, Jehova hat trotz allem nur an uns seine Freude. Und Sie wollen so leichtsinnig sein und Ihr echtes, Ihr altes, Ihr vornehmes Geburtsrecht um eine Mehlspeise aufgeben? Wehe, wie leid wird es Ihnen später tun.«

»Pardon, was reden Sie da eigentlich?« schnitt hier Pfarrer Friderici mit hochmütigem Achselzucken ab. »Wie können Sie sich, lieber Herr Rabbiner, herausnehmen, in unserer Gegenwart –«

»Allerdings, diese Tonart klingt tatsächlich sehr bemerkenswert,« fügte Pastor Knaak mit ironischem Lächeln bei.

Allein die Kugel war abgeschossen.

»Wieso herausnehmen? Wozu Tonart?« schrie Doktor Karfunkel, von seiner südlichen Glut vollkommen hingerissen und diesmal alle Klugheit vergessend. »Geht es hier nicht um einen von uns? Leben wir etwa zur Zeit des Herrn Torquemada in Spanien? Gott behüte, man mag nicht im Traum daran denken. Wie können sich die Herren, ich frage natürlich mit allem schuldigen Respekt, soweit vergessen, einen Andersgläubigen einfach umzupacken wie eine Ware in anderes Papier? Und dann Ihren Stempel aufzudrücken? Wahrhaftig, eine ganz neue Sache. Gibt es keine preußischen Gerichte mehr? Ich meine nur, Euer Hochwürden. Ich sage nur so, Herr Pastor.«

Dann aber geschah etwas, das keiner der drei geistlichen Feldherrn auch nur geahnt hätte.

Das Volk stand auf.

Mit einem plötzlichen Krach, daß die Wände der Windmühle erdröhnten, sprang unvermittelt der alte Riese Tibäul in die Höhe und schmetterte die Kaffeetasse, die er gefüllt gerade in der Hand hielt, dem Herrn Pfarrer direkt vor die Füße. »Kuck,« brüllte er, »Levin, das is jo en nobles Ding. Was? In solche Gesellschaft bün ich hier geraten? Bün ich nich der reichste Mann aus das ganze Dorf? Un nu will man sich hier um meinen erstgeborenen lieben Sohn herumstreiten? Voß, ich frag' Sie ganz einfach, wird nu aus der Sache was? Oder wird nix? Dann nehm' ich meinen Sohn ja tausendmal lieber wieder zurück.«

»Ausgezeichnet,« sagte Doktor Karfunkel.

Auf diese Herausforderung jedoch sprang der Müller wie ein Federball auf seinen Herzensbruder ein, fuchtelte mit den Händen und nahm eine drohende Stellung an. »Wie, was?« krähte er, »hörst du woll, Frau? En Mensch, der eigentlich eine ganz fremde, wilde Völkerschaft entstammt, der will sich noch hier aus meine Tochter, aus meine leibhaftige, von mir selbst geborene Tochter nich mal eine Ehre machen? I, das wär' jo en richtiges Vergnügen. Wie en Glück, daß mich die Augen noch zur rechten Zeit von die geistlichen Herrns geöffnet worden sünd. Aber nu is aus. Ganz aus is. Nu kocht euch Fliedertee. Ich will nich mehr. Ich zieh meine Tochter zurück. Meine Tochter Idsch.«

»Aber beruhigen Sie sich doch, lieber Freund,« versuchte der Pfarrer ruhevoll zurückzuhalten.

»Wo werden Sie sich auf so was einlassen?« warnte der Rabbiner zurückschaudernd, indem er den alten Schmied an einem Zipfel seines abgetragenen Gehrocks zu fassen versuchte.

Allein alles Zureden, jede Vermittlung kamen bereits zu spät. Der Schmied holte aus; es war, wie wenn eine Telegraphenstange sausend auf den winzigen Voß herunterstürze, und dann ...

»Um Gottes willen, was haben Sie hier verübt?« herrschte Pastor Knaak den Gewalttätigen an. Und als der Riese mit seinen blutunterlaufenen Augen verwundert zur Seite schielte, da erblickte er mit dumpfem Grauen, wie der alte Rabbiner zitternd auf jenem Stuhl hockte, auf den er ihn soeben aus Versehen mit aller Kraft niedergeschlagen. Aus einer Backenwunde floß reichliches Blut.

Mit gemessener Teilnahme beugte sich Hochwürden über den Verwundeten. »Ihnen fehlt doch hoffentlich nichts Ernstliches, mein verehrter Herr Doktor?« fragte er mit seiner schönen, klangvollen Stimme. Allein der Geschlagene zeigte sich aufrichtig verdrießlich.

»Was soll mir fehlen?« wiederholte er mit Bitterkeit. »Sie können mir glauben, Hochwürden, wir haben nun einmal ein schwarzes Geschick. Sie mögen sich mit Ihren Herren Kollegen zanken, wann Sie wollen und zu welchen Zeiten der Weltgeschichte auch immer, die Prügel haben stets wir bekommen. Nun gut, ich beklage mich nicht, es ist unsere Bestimmung, aber ich sage Ihnen, meine Herren, sie ist sehr schmerzlich.«

* * *

Und wo befand sich das Brautpaar bei alledem?

Noch hatte sich die Uneinigkeit zwischen den beiden Familienhäuptern nicht völlig gehoben, gerade standen sich die Väter noch schimpfend und tobend gegenüber, da hatte der junge Schmied seine Braut gewaltsam mit sich fortgezogen.

Wohin?

Das wußte er nicht. Nur entfliehen jener Stelle, wo solch wüster Streit um zwei Liebende den geifervollen Schlund öffnen konnte, um zwei Liebende, die sich bisher nur freudvoll und seelenverloren in die Augen geschaut hatten. Nun schritten sie in dumpfem Schweigen dahin, heraus aus der einzigen hellen Dorfstraße, über blühende Felder, die verwundert über das Paar ihre goldgelben Häupter schüttelten, fort über sprossende Kartoffeläcker mit ihren bläulichen, im Winde wehenden Blüten bis weithin zu den Seewiesen, deren nasser, sumpfiger Boden im Sonnenschein qualmte und rauchte. Ganz nahe schon schaukelte sich die stille grüne See. Und seltsam, ging von ihr nicht ein Blinken und Winken aus?

Auch ein Winken.

Zuerst nahm es das Mädchen wahr. Darüber erschrak sie so heftig, daß es selbst der in sich hineinbrütende Schmied bemerken mußte. Unwillkürlich nahm er ihre Hand fester in die seine:

»Was hast du, mein Liebling?«

Da brachte sie es stockend und zögernd hervor. Ob er nicht auch dächte, wie sie eigentlich keinen Platz mehr auf der Welt besäßen, und ob es nicht besser wäre, wenn sie dort draußen – damit zeigte sie auf die weite, ruhende Fläche, die so glitzernd und funkelnd zu ihnen herüberleuchtete – ob es nicht besser wäre, wenn sie beide dort draußen, eng miteinander verschlungen – ach, er wisse schon –

Unvermittelt stockte sie, seufzte tief auf, und das Haupt sank ihr schwer auf die Brust.

»Ja, Liebing,« antwortete der Bräutigam fest, obwohl er den Blick von dem hellen Erdboden nicht mehr zu erheben wagte: »Liebing, wo du hingehst, da geh' ich auch mit. Ich verlaß' dich nu nich mehr. Aber ach, wie schad' –«

»Was, Levin?«

»Kuck, ich mein, wir sünd woll zu früh zueinander gekommen, oder auch zu spät. Was meinst du?«

Doch sie verstand ihn nicht.

Und dann liefen sie über das freie Feld, blind auf das Wasser zu, daß dem Manne die Brust keuchte, und die Röcke des Mädchens rauschten und flatterten.

»Wie schad',« dachte Levin wiederum bei dem lieblichen Geräusch. Aber als sie an dem abschüssigen Erlengebüsch vorüberrannten, da schien lütt Idsch eine Ermattung erfaßt zu haben. Wenigstens blieb sie mit stürzendem Atem stehen, um sich schwer und tief in seinen Arm zu lehnen: »So müd' bin ich,« stieß sie hervor, »so furchtbar müd'. Bloß noch einen lütten Moment ruh'n. Komm', wollen uns setzen.«

Da fand er gleichfalls, daß ihr Vorhaben solcher Eile nicht gerade bedürfe, ja daß es im Grunde nicht mehr sonderlich darauf ankäme, ob sie noch eine kleine Weile beieinander blieben, oder nicht. Und wie herbstlich-rot dunkelte nicht das kleine Erlengebüsch über dem ausgetrockneten Graben? Und wie keck und trotzig schmetterte nicht der kleine, bunte Stieglitz von seinem Weidenzweige herab?

»Komm',« gab der Bräutigam schmerzerfüllt nach, »setzen wir uns noch einmal hin.«

»Ja, Levin, zum letzten-, letztenmal.«

Schwer und kaum verständlich flüsterte sie ihren Abschiedsgruß an das Leben. Und so erschüttert fühlten sich beide davon, daß sie einander in die Arme sanken, um sich gegenseitig die Tränen fort-zuküssen.

»Adschö, Levin.«

»Adschö auch, lütt Idsch.«

»Wie schade.«

»Ach ja, ganz jammerschade.«

Und dann küßten sie sich von neuem und blickten kopfschüt-telnd auf die lachende See. Die See aber schwankte, bebte und schüttelte sich. Sie lachte vielleicht auch. Worüber? Nun, vielleicht nur über den unbedeutenden Umstand, weil auf der abgewandten Seite des Erlengebüsches schon seit Morgengrauen der alte Schäfer Sturm seinen Platz eingenommen hatte. Mit seinem blauen Strick-strumpf und seiner tiefgründigen, aber praktischen Philosophie, die ihm auch im Moment den guten Rat erteilt haben mochte, von den beiden Lebensmüden hinter sich auch nicht die geringste Notiz zu nehmen. So strickte er vielmehr gleichmütig weiter, warf ab und zu einen Blick auf seine schnuppernden Schafe und sann dann wieder ruhevoll zu den vereinzelten Wolken empor, die über ihm auf dem blauen himmlischen Blachfelde in seliger Ruhe weidend dahinzo-gen.

»Wau,« bellte der wachsame Karo.

Ganz in der Nähe aber, hinter dem Erlengebüsch, da schmiegte sich das Mädchen enger und heißer an ihren Erwählten und hauch-te ihm schluchzend ins Ohr:

»Oh, du mein Liebster – oh, du mein Süßer – wie schade – wie schade.«

»Ja, du mein Süßing, du mein Liebing,« klang es zitternd zurück, »was büst du doch so weich und warm, zu schade, gar zu jammer-schade.«

Der Schäfer strickte weiter.

Da rollte etwas. Über die nahe Chaussee fuhr ein Wagen. Der hielt an, und als der Schäfer aufblickte, erkannte er den alten Rabbi-ner Doktor Karfunkel, der, nachdem er mühsam von seinem Ge-fährt herabgeklettert war, mit unsicherer Haltung auf ihn zuschritt.

Gegen die Wange hielt der Prediger sein weißes Taschentuch gedrückt.

»Herrje, Sie bluten doch nich?« rief Schäfer Sturm, indem er sich ehrerbietig erhob, denn er hatte manchen Hammel zu dem Kantor des Geistlichen in die Stadt treiben müssen und kannte ihn deshalb wohl.

»Nun ja,« erwiderte der Rabbiner, die Stirn verziehend, »was is? Es ist eine Schramme. Aber wenn ich nicht irre, so verfertigen Sie doch so ein ausgezeichnetes Heilpflaster, und da wollte ich nur gefragt haben, ob –«

»Gern,« unterbrach der Schäfer, das könnte der Herr Doktor gleich bekommen, denn er führe es stets bei sich.

»Sehr gut,« meinte der Prediger.

Er setzte sich zu dem Alten nieder, und während ihm nun die Wunde sorgsam gereinigt und verklebt wurde, da konnte sich Doktor Karfunkel doch nicht enthalten, mit angenommener Gleichgültigkeit und innerlich lodernder Glut von seinen Abenteuern in der Windmühle zu berichten.

Der Schäfer schluckte. Dann lachte er.

»Was lachen Sie?« verwies ihn der Rabbiner unmutig. »Was ist da zu lachen? Ich sage Ihnen, es ist eine Traurigkeit – – und überdies die Brautleute sollen auch fort sein.«

»Fort?« Der Schäfer bezwang sich: »Nehmen's nich übel,« sagte er gutmütig. »Denn ich bün nur ein geringer Mann gegen so gelehrte Herren Dokters. Aber kucken Sie eins, Herr Rabbiner,« forderte er unmittelbar darauf und wies mit ausgestreckter Hand nach seiner Herde, »würden Sie mich woll mal erklären, warum es da gerade der schwarze Bock is, den es so sehr zu dem weißen Mutterschaf ziehen tut?«

Jetzt warf Doktor Karfunkel seinem Nachbar einen unsicheren Blick zu, dann rieb er sich die Nase und wußte es schließlich so einzurichten, daß er sein Haupt wie zufällig abwenden konnte. Es war, als ob ihm das Gespräch unangenehm würde.

»Was hat dieser Zufall«, verurteilte er endlich, »mit der Ihnen mitgeteilten unpassenden Verlobung zu tun? Apropos, hören Sie nicht hinter uns ein merkwürdiges Geräusch?«

»I wo, nein, lassen Sie man,« wehrte der Schäfer hastig ab, »das is nichts. Aberst nu kucken Sie, wie komisch das is. Nämlich was der liebe Gott für uns dumme Menschenkinder ist, das stell' ich vor diese Herde vor. Und was Sie, und der Herr Pfarrer, und der Herr Pastor, und die Polizei für uns Staatsbürger bedeuten, das bedeutet mein Karo dort für die Schafe. Kusch, Karo, ruhig. Und nu sehen Sie, Herr Rabbiner, wie finden Sie das nu, daß weder ich, der ich doch der liebe Gott bün, noch mein Karo, obwohl er doch hier so eine Art Landratsstellung bekleidet, uns auch nicht im mindesten um diese Liebesgeschichte zwischen die beiden ungleichen Schafe bekümmern, die sich noch dazu ganz unverschämt am hellerlichten Tage abspielt? Und warum nich? Ja, kucken Sie, Herr Prediger, erstes freuen wir uns darüber, denn so 'ne natürliche Liebe, die bedeutet für uns in ihren segensreichen Folgen ümmer einen schönen Gewinst. Und zweitens wissen wir auch ganz genau, daß unser Dazwischentreten nichts nützen würd'. Denn das, was meine Schafe zu ihrer Wahl antreibt, das muß ihnen woll von einem noch Höheren, als ich bün, befohlen worden sein. Sehen Sie, und da bün ich lieber der gute ›Liebegott‹ und sitz' hier und freu' mir darüber und strick' meinen Strumpf und zerbrech' mir nich weiter den Kopf, warum es gerade en schwarzer Bock is, der sich mit das weiße Schaf so gut verträgt. Denn wozu? Die beiden wissen es ja selbst nich. Und da soll ich es rauskriegen? Ich, der ich nich mal ihre Sprache versteh'? – Ne«.

Der Rabbiner erhob sich schnell:

»Schon gut,« verabschiedete er sich, wobei er ein wenig überlegen und herablassend den Kopf wiegte. »Nun ja – das ist ein Schäferstandpunkt. Warum nicht? König Saul ist auch ein Schäfer gewesen. Aber gottlob, seitdem sind wir weit vorgeschritten in der Kultur. Und gegen solche rohen Natürlichkeiten schützen uns jetzt nicht allein das Gesetz, sondern auch unser eigenes hohes Sittlichkeitsbewußtsein. Nun, ich danke Ihnen, Herr Schäfer Sturm, ich werde mich gelegentlich erkenntlich zeigen.«

Damit fuhr er von dannen. Das Rollen des Wagens verhallte auf der weißen Straße. Warum sitzt aber jetzt der Schäfer und knastert so still in sich hinein?

Warum?

Vielleicht freut er sich aus der Ferne über den starken schwarzen Bock und das schmucke weiße Schaf. Oder lauscht der alte Mann etwa dem süßen Zwitschern des bunten Stieglitz, der so lebensfroh hüpft und lockt und lockt und jubelt?

Aber vielleicht handelt es sich um dies alles gar nicht. Am Ende horcht der Alte nur auf das seltsame Leben und Treiben, das hinter ihm aus dem Erlengebüsch hervordringt, ganz leise, ganz verloren, und das doch Leben bedeutet, Ewigkeitsdrang, seit den Tagen, da Gott-Vater lächelnd den Staub formte, und es wurden Menschen daraus.

»Ach, du mein Süßing.«

»Ach, du mein einziges goldiges Liebing.«

Und die Stricknadeln klapperten, und der blaue Strumpf zitterte und tanzte vor Luft, und das Kornfeld schlug Wellen vor Reife und satter Pracht.

Und siehe, da war die Ehe vollzogen, im Namen Gottes, der Erde und der ganz gewöhnlichen klaren Vernunft.

Aber die Seewiesen spendeten Opferrauch, und die Sonnenstrahlen tanzten einen Hochzeitsreigen, und der Wind fuhr über das Feld und brauste aus gewaltiger Brust ein befreiendes »Amen«.

Das verbotene Stück

Draußen vor den Fenstern tickten die Schneeflocken an die Scheiben, ganz sacht und zierlich, wie wenn weiße kleine Engelchen mit zarten Fingernägeln »tick, tick« machen würden, und wie zur Antwort flackert dann das Ofenfeuer im Kamin der eleganten Junggesellenstube hoch auf.

Es ist Sonntag vor Weihnachten.

»Morgen, Herr Landrat,« wünscht der eintretende Livreebediente.

»Morjen, Friedrich – – Na, was Neues im Kreis?«

»Zu Befehl, Herr Landrat, draußen wartet der Wachtmeister Böttcher.«

»Böttcher? So früh am Sonntagmorgen? Was gibt's denn?«

»Je, er sagt, er hätt' einen Theaterzettel konkonfisziert.«

»Mensch, was hat er?«

Der Landrat richtet sich von seiner Chaiselongue auf, in der er bisher im samtenen Morgenanzug gelegen, tastet nach seinem Augenglas und beginnt, als er es nicht finden kann, heftig zu zwinkern:

»Hören Sie mal, mein Bester,« erholt er sich endlich, »ich hoffe, Sie haben den Wachtmeister nicht richtig verstanden. Oder gedenken Sie etwa zu meiner Erheiterung den witzigen kleinen Amüseur zu spielen? Schön. Nun, bitte ich aber sehr ernstlich, was bringt der Wachtmeister?«

»Enen Theaterzettel, Herr Landrat.«

»Allmächtiger.«

Inzwischen hat der Landrat von Pittack jedoch sein Monokel gefunden, er benutzt es indessen nur, um es am Bande sausend um seinen kleinen Finger herumschwirren zu lassen, während er die sprechenden hellblauen Augen gottergeben zur Decke erhebt:

»Na denn also, in Gottes Namen. Soll eintreten.« Und mit einem tiefen Seufzer setzt er hinzu: »Scheint ja wieder ein Novum in meiner Praxis werden zu wollen, – herein.«

Wenige Augenblicke später allerdings, da hat Herr von Pittack von dem berittenen Gendarm, der in seiner grünen Uniform, geschmückt mit dem weißen Bandelier so stramm und sporenklirrend vor ihm verharrt, das Unglaubliche, das »einfach Scheußliche« erfahren.

Nein, ganz entschieden, diese Madame Sperling, die wandernde Theaterdirektorin, die alle Jahre während dreier Tage drinnen in dem Marktflecken Granzin im Schröderschen Saale Komödie spielen darf – diese Kunst-Wittib muß offenbar an ihrem »Begriffskasten« einen kleinen Schaden erlitten haben.

»Ne Uraufführung, kündigt sie an?« echot der Landrat immer noch ganz starr vor Staunen. Und der Wachtmeister streicht sich den braunen, kurzgeschorenen Kinnbart, um mißfällig brummend zu erwidern: »So steht es hier, Herr Landrat.«

»Na, da soll doch – geben Sie den Wisch doch noch mal her, lieber Böttcher. Wie heißt das Dings?«

»Zu Befehl, Herr Landrat, ›Die Folgen der Liebe‹.«

Jetzt schlägt der Landrat mit der Hand auf den Tisch, daß es schallt:

»Na, also das Sperlingsweibchen muß rein doll geworden sein. Folgen der Liebe? Ne, nu hören Sie mal, lieber Böttcher –« hierbei ist der Landrat aufgesprungen und trommelt nun an den festgefrorenen Fensterscheiben herum:

»Ich bin gewiß umgänglich und mache nicht gern unnötige Scherereien. Aber Folgen der Liebe? Ne, ne, das geht ja einfach nich. Was denkt sich eigentlich die Frau?«

Und plötzlich wendet er sich scharf herum und wirft kurz hin: »Sagen Sie mal, von wem is denn übrigens das Machwerk?«

Auf diese Frage jedoch muß das bärtige Gendarmenhaupt erst wieder tief in den Zettel hinabtauchen, bevor es erwidern kann.

»Von einem gewissen Florian Otto, Herr Landrat. Dieser Florian spielt aber auch mit. Hier steht's. ›Ein junger Graf – Herr Florian Otto.‹«

»Graf? Aha –« Der Landrat lächelt ironisch. »Pöbelt wahrscheinlich wieder den Adel an. Das ist ja jetzt Trumpf.« Und nach einer Weile erkundigt sich Herr von Pittack noch eingehender, ob zu diesem Grafen nicht auch ein Frauenzimmer gehöre.

»Jawoll, Herr Landrat, eine Zeile drunter steht sie gedruckt. Fett. Cläre – aber mit a-i geschrieben.«

Der Landrat nickt:

»Französisch,« meint er, »stimmt. Damit wollen sie jetzt von vornherein solche mulmigen Charaktere andeuten. Na, und von wem wird diese Claire gespielt?«

»Von einer Anna Krethlow.«

»Krethlow? – Krethlow?« Herr von Pittack besieht sich die Spitzen seiner Lackstiefel. »Warten Sie mal, wo habe ich doch den Namen schon gehört? Muß ich kennen.«

Jetzt erlaubt sich der Wachtmeister, zur Antwort etwas bestimmter mit den Sporen zu klirren, wobei er die Finger an die Hosennaht legt.

»Zu Befehl, Herr Landrat,« erinnert er, »so heißt ja drinnen in Granzin der Bäcker am Markt.«

»Richtig – Krethlow,« fällt der Vorgesetzte lebhaft ein, »einer unserer besten Steuerzahler. Sollte mir leid tun, wenn da vielleicht irgendeine Verwandtschaft –. Na, nu hören Sie mal, Böttcher. Die Sache steht so. Wenn die Sperling reglementsmäßig ihr Stück dem Bürgermeister Mengdehl eingereicht hat, dann schlägt die Sache nicht weiter in unser Ressort, dann können uns ›Die Folgen der Liebe‹ auch ganz kalt lassen. Verstanden?«

»Zu Befehl, Herr Landrat.«

Der Landrat streicht sich den blonden Schnurrbart. »Wäre auch für uns das beste,« fährt er fort, »denn im Vertrauen, in Kunstdingen den wütenden Bullenbeißer zu markieren, das entspricht ganz und gar nicht meinem Geschmack. Dazu bin ich selbst ein viel zu großer Theaterfreund, und überdies, diese Madame Sperling – na ja, eine sehr freundliche und nette Frau. Wenn ich nicht heute wieder durch dies obligate Liebesmahl im Kriegerverein in Anspruch genommen wäre, wahrhaftig, würde die Sache sofort persönlich arrangieren.«

Damit schreitet er ein paarmal rasch durch das Zimmer, bis er endlich mit einem festen Entschluß vor dem Wachtmeister stehenbleibt: »Na also, wie gesagt,« entscheidet er sich endlich, »hat der Bürgermeister diese Kunstchose erhalten, tant mieux. Wenn nicht, ja dann« – er zuckt die Achseln – »so leid es mir tut, Böttcher, dann müssen Sie eben zu dem Sperlingsweibchen ranreiten, um sich über den Inhalt des Stückes so unter der Hand zu informieren. Verstanden?«

»Befehl, Herr Landrat.«

»Und Sie wissen schon, kommen in dem Dings so mulmige Geschichten vor, die man einem jungen Mädchen nich vorsetzen kann, dann bestellen Sie der Direktorin einen Gruß, und es täte dem Herrn Landrat leid, aber sie müßte schon heute abend was anderes spielen. Die Jungfrau von Orleans oder Faust. Schließlich wären das ja ebenfalls Stücke, die von den Folgen der Liebe handeln. – So, und nun machen Sie Ihre Sache delikat, lieber Böttcher – Morjen.«

Die Schneeflocken wirbelten dichter und toller, und wenn der Wind, der die engen Gäßchen durchheulte, den weißen Staub durch den dunklen Torweg des Schröderschen Gasthauses jagte, dann zitterten zwei junge Menschenkinder, die dort eng gedrängt verharrten, wie im Frost zusammen und schmiegten sich unwillkürlich wärmer und fester aneinander.

Es war eine auffallend hübsche, junge Blondine, mit einem kecken Stumpfnäschen, die jetzt ratlos zu ihrem Genossen aufblickte, einem hochaufgeschossenen jungen Menschen mit schwarzen, wilden Haarsträhnen, sehr roten Händen und einem glattrasierten Gesicht, aus dem ein Paar wäßriger blauer Augen in großer Verlegenheit und wie um Vergebung flehend in die Welt schauten. Auch traf es sich für den ersten Liebhaber der Sperlingschen Truppe recht ungünstig – namentlich in Anbetracht der herrschenden Kälte – daß ihm die Beinkleider nicht völlig über die Stiefel reichen wollten.

Er zupfte zwar von Zeit zu Zeit an ihnen, allein es half nichts, sie gedachten nicht tiefer zu sinken.

»Muß ich hinein?« forschte das Mädchen, sich hastig umblickend.

»Noch nicht,« beruhigte der Jüngling, die schwarzen Haarsträhne schüttelnd, während sein durchsichtig schlanker Leib in dem eng zugepreßten Prinz-Albert-Rock mit den wehenden Schößen sich bog und krümmte:

»Noch nicht, mein süßer Schatz. Die Direktorin hat erst ihren Feenauftritt.«

»Ach, Florian –«

»Ich höre, meine Geliebte, mein süßes Kind.«

Husch – husch – pustete ein neuer Windstoß durch den Torweg, so daß der Liebhaber vor Frost mit den Füßen aufstampfen mußte.

Er trug gelbe Sommerstiefel. Es lag wohl in der Rolle.

»O Florian –«

»Sprich, mein Alles –«

Sie griff nach seinen Händen, zog ihre Finger jedoch, vor diesen lebenden Eiszapfen zurückschaudernd, erschreckt wieder fort:

»Glaubst du, daß er kommen wird?« flüsterte sie in fiebernder Spannung, »schnell, sag.«

Der Jüngling blickte auf ihre zuckenden, roten Lippen und neigte sich, gleichsam angezogen von diesen Kirschen im Schnee, tiefer zu ihnen herab.

»Es bleibt unsere Hoffnung,« gab er darauf mit dumpf rollender Betonung zurück. »Es ist unser Schicksal.«

Eine Weile blieb es still, nur der Schneestaub krümelte sich glitzernd über die holprigen Pflastersteine der Einfahrt, und die Türflügel ächzten und knarrten.

»O ein Glas Grog,« dachte der Liebhaber zusammenhanglos, während hinter der weißen Mädchenstirn neben Unglück, Schicksal und Jammer die belebenden Reize von rotem Glühwein aufzufunkeln begannen.

»Wenn es nur ein einziges Schluckchen wäre,« murmelte sie selbstvergessen.

»Wie?« Der Jüngling rieb die roten Hände umeinander. »Sagtest du was, mein Liebling?« stotterte er.

»Ich? – Nein, ich meinte nur, wenn er sich weigerte. Ach, denke dir, wenn er nun ausbleibt. O Gott.«

»Ja, das wäre namenlos,« gab er düster zu. Seine Augenbrauen schnürten sich finster zusammen, und sein Haupt neigte sich wie eine welke Lilie. »Namenlos,« fuhr er fort, aber plötzlich raffte er sich aus seinem Kälteschauer noch einmal empor:

»Habe ich – sein Erscheinen vorausgesetzt – nicht alles für seine endliche Erweichung vorbereitet? Kannst du wirklich daran zweifeln, du teures Geschöpf, daß er dem großen Schluß des dritten Aktes widerstehen könnte – nein, verbirg mir nichts.«

»Gewiß,« stammelte sie schwankend, »es wirkt ja sehr ergreifend, wenn ich so niederknie.« Allein gleich darauf schien ein häßlicher Gedanke alle Blüten in ihrem Hoffnungsgärtlein wieder zu knicken. »Aber er hat ja heute mit seinen Gesellen Nachtarbeit,« stammelte sie entsetzt, »vergißt du das? Und dann –«

»Ja, dann allerdings,« dabei streckte er die Rechte mit einer verloren-abweisenden Geste von sich: »Dann –« »Ach, es wäre zu gräßlich,« leise stöhnte sie auf, und echte, wirkliche Tränen rannen über die blühenden Wangen, »dann kämen wir ja nie zusammen; denn ohne seinen Segen, weißt du – und gar ohne Kranz und den Herrn Pastor –« oh, sie schauderte in sich hinein – »nie, nie.«

Wieder beugte er seine verdüsterte Stirn, und diesmal war es treibende Angst, die seine Stimme mit dem zitternden Körper um die Wette schüttelte, »freilich, er übt ja noch die väterliche Gewalt über dich aus, und solche Väterlichkeit, meine süße Verlobte, verleiht dem Betreffenden Rechte, welche –«

Da wurde er unterbrochen.

Von der Straße näherten sich helle Hufschläge, und im nächsten Moment ritt eine breite, wohlbehäbige Gendarmengestalt in den

Torweg ein, der zu niedrig war, um diesen ragenden Gast zu empfangen. Der Reiter mußte sich bücken, damit die Spitze der Pickelhaube nicht von den vorspringenden Tragbalken gestreift würde.

Jetzt hielt der Grünuniformierte und bewegte ein wenig den Fuß im Steigbügel, zum Zeichen, daß eine Anrede beliebt würde. Als sie jedoch ausblieb, klopften die weißbehandschuhten Finger erst beruhigend über den Hals des wiehernden Rosses, um gleich darauf ein dickleibiges Notizbuch aus dem Waffenrock zu ziehen, mit welchem sofort eine festbannende Bewegung gegen das betroffene junge Paar vollführt wurde.

»Morjen,« klang es kräftig von der Höhe herab. »Hier wird Theater gespielt.«

»Allerdings.« Der Liebhaber versuchte sich einige Haltung zu geben, wobei ihn freilich sein frostgeschüttelter Körper nicht sonderlich unterstützte.

»So?« Ein forschender Blick von oben:

»Gehören Sie auch dazu?«

»Gewiß.«

»Aha.« – In dem Notizbuch wird kurz revidiert:

»Heißen Florian Otto? Was?«

Um Gott, was wird das? Das Paar zuckt zurück, und wenn sich nicht im gleichen Moment die schmale Tür des Gastzimmers geöffnet und eine bierfette, kleistrige Stimme herausgekrächzt hätte: »Krethlow, wo stecken Sie denn? Machen Sie Beine, Mädchen – Die Alte tobt,« hätte sich dieser Zwischenfall nicht ereignet, ganz sicherlich, die kleine Blondine wäre vor Schreck und Beklemmung unter die Hufe des Rosses gesunken. So aber wurde sie von der dicken, aufgeschwollenen Hand erfaßt und ohne Aufschub noch Zartheit durch die Türritze hindurchbefördert.

»O Gott« – verklang noch ihre bebende Stimme. Dann befand sich ihr Liebhaber mit seinem reitenden Bedränger allein.

»Na, hören Sie eins,« begann dieser nun sehr mißfällig von der Höhe des Rosses herab: »Sie haben da ja was Nettes angerichtet.«

»Ich?«< Florian wurde glühendrot und fuhr sich durch die Flatterhaare. Großer Gott, was schien dieser Mann ihm zuzutrauen? »O bitte,« wehrte er mit niedergeschlagenen Augen ab, »bitte sehr, es ist nichts geschehen.«

»Na, lassen Sie man – es is alles raus – wir haben bereits recherchiert.«

»Auf Ehrenwort,« rief Florian jetzt, sich an der eisglitzernden Mauer festhaltend, denn seine Beine trugen ihn nicht länger. Ha – jetzt nahte das Ende, das langerwartete. Die feindliche Macht rückte gegen seine züchtige und ehrbare Liebe an und wollte sie verunreinigen.

»Meine Braut ist eine unentblätterte Rose,« murmelte er in halber Betäubung und glaubte etwas Erhabenes und Ritterliches gesagt zu haben, doch auf den Wachtmeister Böttcher schien diese Ehrenerklärung nur sehr geringen Eindruck auszuüben. Was ging ihn das an? Braut? Gut – diese Theaterspieler besaßen viele Bräute. Was weiter? – Aber das Stück – wie hieß es doch noch? – Richtig, »Folgen der Liebe« – ein schweinemäßiger Titel – pfui Deuwel –. Das Stück war dem Bürgermeister nicht reglementsmäßig eingereicht – keine Spur eines ordnungsmäßigen Verfahrens – und durfte deswegen nach Paragraph zweihundertundachtzehn Absatz zwei der öffentlichen Sicherheitsordnung nicht gespielt werden.

»Einfach nicht gespielt, mein Lieber.«

»Herr Wachtmeister,« schrie der Liebhaber, indem er seine Hände unwillkürlich hoch in die Höhe warf, als wäre er ein Unglücksbote aus einem griechischen Chorstück: »Sagen Sie ›nein‹ – das ist nicht Ihr Ernst.«

»So?« schüttelte der Reiter verwundert das bärtige Haupt, »hören Sie mal, in Uniform spaßen wir nicht.«

»Grundgütiger Himmel – ich bin verloren.«

»Ih, Faxen, denn spielen Sie eben was anderes. Darauf kommt es doch nich an.«

»Aber, das Stück ist von mir.«

»Na eben. Weswegen schreiben Sie so was? So 'ne zweifelhaften Geschichten.«

»Genug – genug, Herr Wachtmeister – so urteilen nur die Schergen der Gewalt –«

»Was? – I, das is jo nüdlich.«

Der Wachtmeister schwang plötzlich mit einer prachtvollen Reiterbewegung das rechte Bein aus dem Sattel, saß ab und stand nun gewichtig und sporenklirrend neben dem dürren Jüngling, wie ein Eichbaum neben einer zitternden Bohnenranke:

»Sie, hören Sie eins,« begann er nun sehr bestimmt, während er sich den Kinnbart strich: »Wissen Sie was Neues? In der ganzen Sache, da stimmt was nich. Nu kommen Sie mal gefälligst in die Gaststube von Schrödern rein, da wollen wir uns doch en bischen näher miteinander besprechen. Nich so? – Jawoll, gehen Sie man immer voran.«

Damit schlang er die Zügel des Pferdes um den Torflügel, schnallte sich den Pallasch etwas tiefer und griff an sein Pistolentäschchen, als müsse er sich für alle Fälle wappnen und rüsten. Dem Liebhaber aber wurde grün vor Augen. In halb bewußtlosem Zustand, wie wenn er durch einen schwarzen Traum wanke, so taumelte er in die verbaute, bräunlich verräucherte Gaststube hinein, und als er sich an einem runden, mit buntem Wachstuch bedeckten Tischchen niedergelassen hatte, da bestellte er, abwesenden Geistes, bei dem kleinen, herumlungernden Kellnerburschen zwei Seidel Bier. Er hätte auch Mostrich oder Ochsenblut gefordert, so völlig weilte seine Seele in anderen Dimensionen.

Bier – Mostrich – Gallussaft. Was lag daran? Aber seine Liebe, war sie nicht soeben von ein paar rohen Fäusten in weißen Wildlederhandschuhen erwürgt und ins Grab geworfen worden? O welches Entsetzen lauerte über dieser dunklen Stunde.

Und die Nebel tanzten immer grauer und wesenloser um ihn herum. Und seltsam, war er's überhaupt noch selbst, der hier dem Wachtmeister, welcher die Beine mit den Stulpenstiefeln so bedeutungsvoll von sich spreizte, gegenüber hockte? War es wirklich der Liebhaber Florian Otto, der so widerstandslos auf mißtrauische Fragen antworten mußte, zugeben, daß er gar nicht Florian, noch weniger Otto in der Wiege getauft worden sei, sondern August hieße? Einfach August Fuhrmann aus Malchow? Ja, vor wenigen

Monaten, so schloß sein unbegreifliches Geständnis, sei er noch Kommis – nun ja, Ladendiener, wenn es nicht anders ginge – bei Kaufmann Bolljohann in Stralsund gewesen, von wo ihn jedoch ungestümer Kunstdrang hinweggetrieben.

»Na, hören Sie, Fuhrmann,« unterbrach der Wachtmeister, eifrig notierend, »dann sünd Sie also Ihrem Glauben nach ein ganz gewöhnlicher Materialist?«

»O nein, ich bin immer für Schillern gewesen.«

»Na, lassen Sie man, das sünd woll bloß solche Maföken, die zur Verdunklung beitragen sollen. Na nu aberst, mein Lieber, zur Hauptsache. Wie kommen Sie eigentlich dazu, unter falschem Namen hier rumzureisen? Wissen Sie auch, was das bedeutet?«

Florian umklammerte die Lehne seines Stuhles. Jetzt hätte er sich nicht mehr gewundert, wenn sich sein vierbeiniger Sitz plötzlich in das gewaltige Roß des Gendarmen verwandelt hätte, um mit ihm wiehernd über den Tisch zu setzen:

»Falscher Namen?« stotterte er, »das – das – erlauben Sie, – das ist nur so eine Künstlergewohnheit – ganz harmlos.«

»So? Harmlos?« wiederholte Böttcher, indem er sich den biernassen Bart mit seinem roten Taschentuch wischte. »Sie sünd ja ein Feiner. Wissen Sie auch, daß ich neulich genau so einen wie Sie auf offenem Feld in Handschellen gelegt hab? – Und dann zwei Schritt voraus und ins Amtsgefängnis? – Wat sagen Sie dazu?«

»O, nicht doch – nicht doch.«

»Na, und angemeldet sind Sie woll auch nich? Was?«

»Nein – nein.«

»Sie, das steht aber oberfaul mit Ihnen,« meinte der Wachtmeister drohend, während er mit dem Notizbuch auf den Tisch klappte, »wer weiß, was für ein Signalement all hinter Ihnen losgelassen is.«

Und wie sehr der geknickte Liebhaber nun auch bat und beschwor, es müsse sich um ein Mißverständnis handeln, und alles werde sich aufklären, der Gendarm blieb dabei, das sagten solche luftigen Kunden sämtlich, und die Recherchen würden schon das weitere ergeben.

In diesem Augenblick drangen durch die geschlossene Saaltür milde Töne herein. Helle Frauenstimmen sangen. Sanft und ergebungsvoll. Es war das Schlußlied der segnenden Feen aus den »Folgen der Liebe«.

>»Liebe muß der Mensch besitzen,
>Der auf Erden wandeln will.
>Wenn uns Zorn und Wut erhitzen,
>Liebe macht uns wieder still.«

Da wies Florian mit ausgestrecktem Arm nach der nahen Tür, hinter der sein Dichtwerk soeben gar wehmütig ausklang.

»Das ist von mir,« sagte er mit gebrochenem Stolz

»Ja, still – ja, still –«, verhauchte es drinnen, »Liebe macht uns wieder still.«

Der Gendarm zog die Augenbrauen hoch in die Höhe und klopfte sich schallend auf den strammen Oberschenkel. Die Macht der Töne schien auch sein handfestes Gemüt milder gestimmt zu haben: »Hören Sie, Fuhrmann,« begann er verwundert, »das letzte war gar nich so dumm.« Er kraute sich einen Augenblick nachdenklich in den glattgescheitelten Haaren. »Na, denn man los,« brachte er endlich entschlossen hervor. »Dann geben Sie mir mal so einen kurzen Überblick, was in Ihrer Theatergeschichte vorkommt, was so passieren tut, meine ich. Aber kurz und die reine Wahrheit.«

O du lieber, gütiger Gott, hier strahlte ein Hoffnungsschimmer. Die Braut und das Stück und der Dichterruhm, ja, die eigene körperliche Sicherheit, alles konnte noch gerettet werden. Und so erzählte der Aufgeforderte denn, und es klang beinahe in der Weise eines Märchens.

Es wäre einmal eine sehr, sehr tugendhafte, wunderschöne Tochter eines Handwerksmeisters gewesen, und diese wäre von glühender Sehnsucht nach den bunten Lampen der Bühne erfüllt worden. Da sei ein junger Graf mit vielem, vielem Gelde gekommen und hätte das junge Mädchen ihrem grausamen Vater entführt.

»Entführt?« rief der Wachtmeister, die Stirn verziehend. »Na, hören Sie eins, das is doch nich Ihr Ernst?«

Aber es wäre ja eine ganz tugendhafte, edelgesinnte Entführung gewesen, versuchte Florian sich schüchtern zu reinigen. Jedoch der Wachtmeister lehnte diese Einwände aufgebracht ab.

»I was, das kann nachher jeder sagen, die Hauptsache bleibt, – sagen Sie mir aber die reine Wahrheit –« dabei durchbohrte er sein Gegenüber mit einem durchdringenden Polizeiblick. »Sünd nun die beiden zusammen gereist? Ich meine ganz allein und ohne Bewachung? Und dann? Verstehen Sie –« er zwinkerte mit den Augen, »haben die beiden dann vielleicht im Hotel in einer Stube zusammengewohnt? Aberst bitte, ohne Ausflüchte.«

Darüber wäre er ohne Andeutung zart hinweggegangen, stammelte der Liebhaber, wieder sehr niedergedrückt.

»Aha,« lachte der Wachtmeister höhnisch auf, »dann haben wir ja das Dings, dann haben wir es ja beim richtigen Zipfel. Schämen Sie sich nicht, mein Lieber, solche Schmutzereien unserm anständigen und wohlerzogenen Damenpublikum von Granzin vorsetzen zu wollen? Aber nun hören Sie auf. Aus der Sache wird überhaupt nichts. Die ganze Geschichte ist mir zu mulmig.«

»Aber, ich bitte Sie,« rief der Dichter verzweifelt. »Der verfolgende Vater erteilt ja zum Schluß, durch den Gesang der Feen bewogen, seine Verzeihung.«

»I, jawoll, fällt ihm gar nich ein. En richtiger Vater, noch dazu einer, der sein anständiges Handwerk treibt, der nimmt solche Ware nachher nich wieder zurück. Verlassen Sie sich darauf, das verstehen Sie nich.«

»Aber erlauben Sie mal –«

»Ne, das is es eben, ich erlaube es nich, es is verboten, hören Sie, mein Bester, ausdrücklich von Amts wegen verboten. Und wegen Ihrer Personalien, da kommen Sie mal morgen en bischen auf unser Amt. Da möchte ich Sie doch mal meinem Herrn Landrat vorstellen, damit der doch auch seine Freude hat. So, und hier is das Geld für mein Seidel Bier, denn beeinflussen lassen wir uns bei Amtshandlungen nich, verstanden? Da kennen Sie uns schlecht. Morjen.«

Er sprang auf, reckte die Glieder, bedeckte sein Haupt mit der Pickelhaube und gedachte eben mit kriegerischem Anstand das verräucherte Lokal zu verlassen, als seine Absicht durch einen ganz seltsamen Anblick aufgehalten und vereitelt wurde. Bei seinen letzten Worten nämlich war die Saaltür aufgegangen, und in ihrem Feenkostüm, das aus einem tief ausgeschnittenen, goldglitzernden Leibchen, sowie aus einem mit Silbersternen besäten Mullrock bestand, der merkwürdig rote Fleischstrümpfe freiließ, da war Madame Sperling, die Direktorin, eingetreten, und ihre herumflackernden braunen Augen, die zu dem goldblonden Haar einen merkwürdigen Gegensatz bildeten, hatten sofort die gefahrdrohende Situation erkannt.

»Um Gottes willen« – das war das erste, was ihr durch den Sinn fuhr – »und der Saal war für heute abend beinahe ausverkauft.« Nein, unter keiner Bedingung, ein solch finsterer Plan mußte durchkreuzt werden. Rasch, als würde sie vor den hinstarrenden Blicken des Wachtmeisters von fraulicher Scham befallen, warf die Fee einen Hängemantel über ihre Schultern und flog dann auf den Beamten zu, wie wenn ihr bester Bekannter unvermutet und unbegreiflich von ihrer Schwelle zu enteilen gedächte:

»Aber, mein lieber Herr Wachtmeister,« ermunterte sie mit ihrer hellen Stimme, während sie mit den Absätzen ihrer Goldlackschuhe kokett vor dem Beamten auf und ab klapperte, »das werden Sie mir doch nicht antun, so ohne einen einzigen Gruß von mir fortzueilen? Nein, das geht ja gar nicht. Und außerdem, wie ich höre, hatten Sie soeben eine kleine Differenz mit dem ersten Liebhaber meiner Truppe« – sie machte mit der kleinen, weißen Hand eine vorstellende Bewegung – »ich weiß nicht, ob die Herren einander bereits bekannt sind, Herr Florian Otto, ein ganz ausgezeichnetes Mitglied meines Instituts, Herr Wachtmeister – –« sie stockte.

»Böttcher,« vollendete der Gendarm, durchaus von dieser Förmlichkeit betroffen.

»Gewiß, gewiß,« rief die Direktorin mit ihrem silbernsten Lachen und einem reizenden, schelmischen Augenaufschlag gegen den Verdutzten. »Wie können Sie glauben, daß ein solcher Name mir unbekannt wäre? Nein, mein Herr, wir kennen Sie hier alle ganz ausgezeichnet, und längst ist mir Ihre Pflichttreue und polizeiliche Tüchtigkeit von den verschiedensten Seiten rühmend geschildert worden. Nun aber bitte ich Sie, verehrter Herr Wachtmeister – –«

bei dieser Stelle verschob sich ganz zufällig der Hängemantel und die goldglitzernde Feenpartie kam verschwindend wieder zum Vorschein – »jetzt aber, mein lieber Herr Wachtmeister, müssen Sie mir unbedingt ein Viertelstündchen auf meinem Zimmer schenken, denn ich habe Ihnen die wichtigsten Mitteilungen sowohl über meinen Geschäftsbetrieb als auch über das heute abend zu spielende Stück ›Die Folgen der Liebe‹ zu unterbreiten, Mitteilungen, die gewiß auch Ihren hohen Chef, den Herrn Landrat von Pittack, den ich sehr genau kenne, aufs äußerste interessieren dürften.«

Und wunderbar, ehe der Wachtmeister sich noch ernstlich zur Wehr setzen konnte, denn dies beabsichtigte die gerühmte Pflichttreue des bewährten Beamten allerdings, da hatte sich ein runder, molliger Arm bereits unter den seinen geschmiegt, und im höchsten Grade über sich selbst verblüfft, sah der Gendarm, wie er die glitzernde Fee abführte, erst aus dem Gastzimmer, dann über den frostigen Torweg und schließlich eine enge, gewundene Holztreppe hinauf bis in ein kleines, gemütliches Zimmerchen, in dem Bücher, Rollen und die buntesten Maskengarderoben wirr durcheinander lagen. Dann mußte er sich setzen, er wollte zwar nicht, doch zwei kleine Händchen drückten den starken Mann nieder, und schließlich hörte er nur noch, wie ein flinkes Plappermäulchen in rasender Schnelligkeit über Geschäftsbetrieb, das Publikum, die Darsteller, das Stück und namentlich über Kasseneinkünfte zu plaudern begann.

»Ja, Herr Wachtmeister,« meinte sie zum Schluß etwas langsamer, »wenn eine früh verwitwete Frau, wie ich, dies alles verwalten soll, einer solchen dürfte man eigentlich keine unnötigen Schwierigkeiten bereiten.«

»Ne, ne, Madame,« erwiderte jetzt der Gendarm bedeutend kleinlauter, »dasselbe meinte der Herr Landrat auch.«

»Ja, das glaube ich,« sann die Direktorin nachdenklich vor sich hin. »Herr von Pittack ist Kavalier durch und durch.«

»Na, und nu hören Sie mal,« fuhr der Wachtmeister interessiert fort, »hätte nicht geglaubt, daß Ihr Kram so viel einbringt. Aberst wie die Bücher ausweisen, stehen Sie sich ja ganz bekömmlich dabei. Hören Sie, das is mir aber wunderbar. Und das führen Sie so alles so ganz allein durch?«

»Ja,« versetzte die zierliche Madame Sperling und sah ihren Besuch plötzlich ganz groß und wie von einer inneren Eingebung benommen an, »ganz allein, mein lieber, verehrter Herr Wachtmeister. Wer sollte mir wohl dabei helfen?«

»Na, sagen Sie mal, haben Sie denn nich einen von Ihren Theaterspielern, der Ihnen dabei en bischen zur Hand gehen kann?«

»Von diesem Chor?« fragte die Fee zweifelnd dagegen und zog traurig den Hängemantel von den fleischroten Strümpfen zurück. »Ach, wenn Sie wüßten, Herr Wachtmeister, wie schwer es einer Frau fällt, die notwendigste Ordnung unter solchen Leuten aufrechtzuerhalten.«

»Ja, jawoll –« fiel hier Herr Böttcher mitgerissen ein, »es fehlt woll die rechte Zucht in der Kolonne. Na, hören Sie eins. Frau Sperling, die müßte man doch aber eigentlich reinkriegen können.«

»Ja, wer sich darauf versteht,« gab sie leise zurück, indem sie auf ihr Goldmieder blinzelte.

Ihr Besuch erhob sich und klopfte, ganz warm geworden, mit der Faust auf das Kassenbüchlein der Direktorin. »Na, und Sie glauben,« rief er mit seiner kräftigen Kommandostimme, »daß, wenn das Ding hier stramm betrieben wird, die Einnahmen noch steigen können?«

»Das kann man getrost annehmen,« versicherte Madame Sperling und faltete wie mutlos die Hände. »Denn verstehen Sie, mein verehrter Herr Wachtmeister, in solchem Geschäft wie dem meinigen da kommt es weniger auf Begabung und Talent als auf Befehlen und Gehorchen an. Aber wie soll eine zarte Frau sich diese Eigenschaften aneignen? Woher? Ich frage Sie.«

»Kreuzdonnerwetter, Madame Sperling,« dröhnte jetzt der Gast und strich sich mit einem forschen Schwung den starren Schnurrbart. »Wenn es bloß drauf ankommt – und das andere verhält sich auch alles so, denn meine ich – – – na, wie gesagt,« er warf einen prüfenden Blick auf das ruhende Weib, das so gänzlich ahnungslos und mit sich beschäftigt in dem zerrissenen Rohrstuhl lehnte. Und plötzlich wagte er es, mit den weißbehandschuhten Fingern, die sonst so streng das Gesetz hüteten, ganz sacht und trostreich über die weiße Frauenschulter zu streichen, von der noch immer – aus

Versehen – der Mantel herabgesunken war. »Wenn es bloß darauf ankommt, na also, Frau Direktorin, man soll die Hoffnung nich aufgeben. Es is noch nich aller Tage Abend. Sie haben auch ganz recht, einer solchen Frau soll man keine unnützen Scherereien verursachen – so lautet nämlich genau meine Instruktion. Und wissen Sie, was ich nu tue, bevor wir weiter miteinander sprechen? Jetzt reit' ich mal zuvörderst zu Bäcker Krethlow an 'n Markt ran, aus dessen Erscheinen Sie sich ja so viel machen, und bring' den alten Murrjahn her. Auf solchen Transport versteh' ich mich. Der Mann hat nich zu lachen. Auf Wiedersehen, junge Frau.«

Er legte die Hand an die Pickelhaube und schlug die Absätze zusammen, wie er es früher nur als Ordonnanz vor seinem kommandierenden General geübt hatte. Donnerwetter ja, diese Frau Sperling, ein ausnehmend nettes und strammes Weib. Mit der könnte man die Sache schon probieren. Na, denn also aufgesessen und zu Bäcker Krethlow.

* * *

Diesen Theaterabend hat man in Granzin nie vergessen. Wenn ältere Einwohner noch heute von ihm sprechen, dann wiegen sie verklärt ihr Haupt und meinen, daß es solch auserlesene, ans Herz greifende Kunstgenüsse heutzutage einfach nicht mehr geben könne.

Ja, ja, damals, als Anna Krethlow die Claire spielte, und ein Liebhaber ihr zur Seite stand, dem im ersten Augenblick die Mädchenherzen von Granzin zuflogen.

Ja, das war noch Kunst.

»Erinnern Sie sich wohl noch, Herr Bürgermeister Mengdehl? Denken Sie noch daran, meine liebe Frau Töpfer Quast?«

»Ja, ja, das war so: Da saß der alte dicke Bäckermeister Krethlow in seiner weißen Arbeitsjacke ganz vorn in dem überfüllten Saal auf der ersten Reihe, und neben ihm hatte der Wachtmeister Böttcher Platz genommen, der ihm von Zeit zu Zeit einen bändigenden Blick zuwarf, als müsse er einen gefährlichen Verbrecher überwachen. Und dabei verhielt sich der alte Murrjahn in den ersten beiden Akten ganz ruhig. Und wenn er auch zuweilen etwas gereizt mit den Händen fuchtelte, so konnte doch nur der neben ihm sitzende Beamte undeutlich verstehen, wie der beleidigte Vater vor sich hinmurmelte: ›Is jo nett – ja, ja, so kommt's. Hab' ich es nicht ümmer gesagt? Na, laß man, laß man.‹

Aber dann, dann war auch der große Moment erschienen, jener Augenblick, der ebenso unvergeßlich wirkte. Auf der Bühne war eben der verfolgende Vater eingetreten, jene dicke, aufgeschwemmte Gestalt, die bei Madame Sperling zu jener Zeit die Polterer agierte, und hatte gerade die Hand zum Fluch erhoben.

Da geschah's.

Herr Bürgermeister, war das rührend oder nicht? Und wie haben Sie damals geweint, Frau Töpfer Quast.

Denn plötzlich, plötzlich – ach, es stockte allen das Herz – plötzlich warf sich Anna Krethlow, die entzückende blonde Darstellerin, tränenüberströmt herum, und während sie die schön geformten Arme nach der ersten Reihe ausstreckte, schrie sie plötzlich mit durchdringender Stimme: »Vater, vergib mir!«

Einen Augenblick eine tiefe, atemlose Stille. Dann ging es durch den Saal: »Kuckt – kuckt – hört – was hat sie gesagt?«

»Vater, vergib mir!« schallte es noch dringender zum zweiten Male.

»Bravo! Bravo!« tobte es durch den Saal, und Männer und Frauen erhoben sich und klatschten in die Hände. »Wie rührend,« flüsterte man sich zu, »wie sie das sagt – nein, jetzt muß er ihr vergeben.«

»Fällt mir jo gar nich ein,« murrte unten der alte Bäckermeister. »Hat' man mich vorher gefragt? Aber jetzt is das große Loch da. Jetzt soll ich's stopfen, was? I, wo werd' ich denn? So dumm, ne.«

»Vater, vergib mir!«

Und nun warf sich auch der Liebhaber neben die Geliebte nieder und streckte ebenfalls mit einer geradezu unwiderstehlichen Bewegung die Hände gegen den Unerbittlichen aus. ›Vater, vergib ihr!‹ rief er schluchzend. ›Du mußt – du mußt. ich bin an allem schuld.‹

›So?‹ sprang nun der Bäckermeister zornig in die Höhe, ›hab' ich euch die Suppe angerührt? Jetzt eßt sie auch allein aus. I, das wär' jo nett.‹

›Vergeben, Vergeben,‹ brauste es durch den Saal. ›Anna Krethlow, hoch! Hoch, Bäckermeister Krethlow –‹ – ›Ruhe, er is en alter Murrjahn. Stille, weiterspielen.‹

Jedoch in diesem gefährdeten Moment öffnete sich die schön bemalte Hintertür, und herein tänzelte in ihrem goldglitzernden Feenkostüm die Direktorin selbst, in eigner Person, und melodisch und ergebungsvoll erklang nun das erlösende Lied:

»Liebe muß der Mensch besitzen,
Der auf Erden wandeln will.
Wenn uns Zorn und Wut erhitzen,
Liebe macht uns wieder still.«

»Ja, das sagen Sie so, Frau Direktorin,« rief der Bäckermeister zornerfüllt hinauf. »Hat Sie vielleicht das Gör so viel gekostet? Und denn die Schande? I, denn müßte ich ja nicht recht bei Troste sein.«

»Vater, vergib mir!«

»Donnerwetter, Verehrtester, so vergeben Sie ihr doch,« mischte sich plötzlich eine sehr helle Stimme in diesen dramatischen Disput. Und als sich das Publikum neugierig erhob, da erkannte es mit ehrerbietigem Staunen, daß der Landrat von Pittack im Frack und ordensgeschmückt ganz unvermutet neben dem Sitz des alten Murrjahn aufragte. Der hohe Beamte hatte vor kurzer Zeit höchst animiert und champagnerfreudig das Liebesmahl des Kriegervereins verlassen und war im Vorüberfahren auf die Idee geraten, sich selbst von der Mission seines Wachtmeisters zu überzeugen.

Nun trat er in diesem Endspiel an die erste Stelle.

»Herr Landrat,« stotterte der Bäckermeister verwirrt, indem er sich unentschlossen erhob, »is das Ihr Ernst? Is das Ihr würklicher, herzlicher Ernst?«

»Vater, vergib mir – Vater, vergib ihr.«

Der Landrat beugte sich weit vor und setzte sich vor das funkelnde blaue Auge sein unbedingt notwendiges Monokel. »Aber, mein Bester,« brach er ungestüm los, »das ist ja ein ganz vorzügliches Mädchen. Eine ungewöhnlich sympatische Erscheinung. Auf eine solche Tochter können Sie ja direkt stolz sein.«

»Hoch! Herr Landrat von Pittack,« rief das Publikum, »hoch! Anna Krethlow – vergeben, vergeben.«

Der alte Murrjahn kraute sich in den Haaren. »Na, wenn der Herr Landrat würklich meinen,« ermannte er sich endlich unsicher, »na, denn sei man still, Anning, denn laß man sein, denn will ich noch mal. Und deinen Liebsten, den nehm' ich auch. Kann bei mir eintreten. Und Ihnen, Frau Direktorin, zahl' ich für beide einen Abstand.«

»Jawoll,« stimmte der Gendarm beifällig zu, »Abstand muß sein. Das verlangt die Ordnung.«

»Vater, Vater! Dank, Dank!«

Und die Direktorin mußte noch einmal vortreten, um das Schlußlied zum besten zu geben, das so viel Anklang gefunden hatte. Und es wurde eine geradezu erhebende Feier im antiken Sinne, denn nicht nur auf der Bühne, nein, auch im Publikum wurden die Verse des Dichters Florian Otto mit Begeisterung nachgesungen:

»Liebe muß der Mensch besitzen,
Der auf Erden wandeln will.«

»Bravo, bravo! Hoch, Herr Landrat von Pittack! Hoch, Frau Direktorin!«

»Wenn uns Zorn und Wut erhitzen,
Liebe macht uns wieder still.«

Ja, es war ein glorreicher Abend. Erinnern Sie sich noch, Herr Bürgermeister Mengdehl? Denken Sie daran, Frau Töpfer Quast?«

Solche Erhebung kommt nicht mehr wieder, denn die Herzen schlagen nicht mehr so einfach und warm, und die Zeiten sind anspruchsvoller geworden.

Der Landrat von Pittack jedoch erlebte, gerade als er seine Equipage besteigen wollte, deren Schlag ihm vom Wachtmeister Böttcher diensteifrig gehalten wurde, noch eine besondere Überraschung.

»Alle Wetter, Böttcher,« wandte er sich auf eine Mitteilung, die ihm wohl ganz kurios klingen mußte, verblüfft herum. »Sie heiraten das Sperlingsweibchen?«

»Zu Befehl, Herr Landrat.«

Der Landrat riß die Augen auf und schob ein wenig an seinem eleganten Zylinder. »Hören Sie mal,« entschied er sich endlich, »das – das kommt mir sehr überraschend. Aber in jedem Falle ist ihre Zukünftige eine in jeder Beziehung tüchtige Dame. Zweifellos. Na, und wissen Sie, was ein richtiger Preußischer Wachtmeister ist, der findet sich schließlich in allem zurecht. Auch in Kunstdingen. Werden eben Zug in die Kolonne bringen und der ganzen Sache den höheren Drill geben. Und nun grüßen Sie mir Ihre Verlobte, und richten Sie ihr aus, sie wüßte schon, ich hätte es immer behauptet, am unberechenbarsten auf unserem famosen Planeten blieben einmal stets und ständig die Folgen der Liebe. So, und nun gute Nacht, Böttcher.«

Die Pferde zogen an, der Landrat fuhr von dannen.

Ja, es war ein glorreicher Abend.

Nun ist der Vorhang gefallen; und die damals mitgespielt haben, sind alle dahin. Denn dies ist eine Geschichte aus meiner Kindheit.

Christin-Dörthes Verlobung

»Ja,« sagte Ott Boll zu Christin-Dörthe, neben der er auf einem umgestürzten Boote ganz dicht an dem grünen Seewiesenrand hockte, »heute is ein gutes Wetter dazu.«

»Wozu meinst du woll, Ott?« forschte Christin dagegen, wobei sie mit dem groben, nackten Fuß, denn sie war eine stämmige, hochgewachsene Dirn, ihren Holzpantoffel durch das feuchte Gras ein wenig hin und her schob. »Wozu meinst du woll?«

»Je,« begann er wieder, kraute sich verlegen in den borstigen, blonden Haaren und starrte dann auf die nahen Strandsteine, zwischen denen grüngefurchte niedrige Wässerchen müde hin und her plätscherten: »Je, ich mein' zu's Verloben. So um Pfingsten rum is die beste Zeit dafür.«

»Je, willst du denn?« wunderte sie sich, indem sie ihm erstaunt ihr breites rotes Gesicht zukehrte, und dabei nestelte sie ein wenig in ihren dicken, blonden Flechten.

»Ja,« murmelte er, »ich will.«

»Ja, aberst Ott Boll,« wandte sie ein, »du hast doch – –«

»I still, Dirning, still, ich weiß all', du meinst, ich hätt' als Matros' da oben in Ölland mit 'ne Strandaufseherstochter was gehabt; aberst – –«

»So? Hast du das?« unterbrach den Sprechenden seine hochgewachsene Gefährtin und sah ihn ruhig an.

»Ja, aberst« entschuldigte sich Ott, »ob das kleine Jör danach von mir is, das wollte doch das Gericht da oben nich gelten lassen.«

»Na, denn is es ja soweit ganz gut, ich mein' bloß –«

»Halt,« rief Ott Boll und schlug mit der Faust auf den zerfressenen Kiel, »ich weiß all, du denkst, ich bin das gewesen, der Kaufmann Raßmusen seinen Laden ausgeräumt hat? Aberst Stining, hat man mich das beweisen können? Hat nicht vielmehr der oberste Richter extra zu mich gesagt: »Wir sprechen Ihnen hiermit frei, aber Sie dürfen das auch nie mehr wieder tun?«

»Ja, das weiß ich woll, Ott. Aber das nützt doch allens nicht, es steht doch nu mal fest – – «

»Was? Was? Was?« schrie Ott und wurde ganz blaß in seinem aufgeschwemmten runden, prallen Gesicht. »Ach, du denkst wohl an die dumme Geschicht' mit der Frau von Räucherer Rupps? Sieh, da hätt' ich dir doch für klüger gehalten. Kann ich da vielleicht was davor? Sie steht doch nu so in die vierziger Jahren. Und dann mit die alten Frauens! Kuck, da geh' ich ganz ruhig an die alte Räucherei vorüber, und da steht das alte Weib vor die Tür und ruft mich rein, indem sie erzählt, ihr Mann wär' nicht zu Haus, und ob ich ihr woll die Spickäl' aus'm Rauch nehmen möcht'? Nu, warum denn nich? Man is doch en hilfreicher Mensch. Ich steig' also in den Rauchfang hinein, und als mich da der Rauch so in die Augen beißt, so faßt sie mir unten an den Strumpf und sagt, da war' en Loch drin. Das wollt sie mir flicken. Nu hab' ich doch sonst auf Gottes Welt keine liebreiche Hand dazu; ich sag' also »ja«, und nachdem ich ihr die Spickäl' runtergebracht habe, setz' ich mich vor ihr hin, zieh' mir den Strumpf aus, und sie flickt. Was hatte aber der Deuwel mit mir vor? Da hatte das verfluchtige Ding, der andere Strump, auch en Loch, und zum Schluß die olle, wahnschappene, wrampige Büx, oder die Hosens, wie man feiner sagt, auch. Sollte ich mich nu vielleicht die paßliche Gelegenheit entgehen lassen? – Ne, das kann keiner verlangen. Un nu frag' ich dir, Christin-Dörthe, was kann ich nu davor, daß Madam Rupps' Mann gerade nach Hause kommt und mir so sitzen sieht? Es war en großes Unglück vor mich, un ich hab' ihm dann auch nur aus reinem Anstand und Mitgefühl für die arme Frau die zwei Vorderzähne rausgeschlagen. So, nu kennst du meine Unschuld.«

Da lachte Christin Dörthe so recht hell auf, und dann brachte sie ein wenig lauernd hervor: »Ja, Ott Boll, glaubst du denn?«

»Was? Was?« tobte der Dicke nun in vollem Zorn, »gibt's noch was? Du piekst mir aber nicht slecht. Ach so, ich weiß all. Du meinst diese olle dumme Geschicht', wie sie mir damals starr und dun vor Klaus Dudys Tür gefunden haben? Aber nu auch Klaus Dudy. Das is so'n ollen Venynschen, so'n ollen Heimlichen. Da kommt er ja grad', der oll' Sleicher, das Bollwerk entlang. Kuck, Dirn', mit Klaus Dudy darfst du dir beileib' nich einlassen, das is 'n Feinen. Hör zu.

Da ruft er mir damals von seinen Fenster aus zu, ich sollt' man zu ihm rein kommen, er hätt' da 'ne ganz neue Medizin von einen ollen Schäfer bekommen, von der man lange leben sollt'. Ich kuck' mir's Ding an, was is't? – Johannisbeerwein. Kuck', Stining, und ene halbe Stunde drauf, da lag ich denn unter seinen Fenster und war tot. Und was hatte mich die Kanaille hineingegossen? Na, wat meinst du woll? Ungelöschten Spiritus. Und davon soll denn der Mensch sich nich begeben! So, aberst, Dirning, nu kennst du mir aus- und inwendig, un nu wollt' ich dir hier auf das Boot in alle Feierlichkeit befragen – –«

Allein der Schiffer kam auch dieses Mal nicht zu Ende. Denn Stien-Dörthe verbarg gar nicht ihr grobes, hellschallendes Lachen, stieß ihn vielmehr mit der Hand vor die Brust und rief laut: »Stopp, Ott, man ümmer stopp, du läßt einen ja nie zu Wort kommen. Ich glaub', du hältst das mit das Reden. Dann passer wir so wie so nicht zusammen. Und ich wollt' dich ja auch von Anfang an sagen, daß ich bereits seit einer Stund' mit Klaus Dudy verlobt bün, der da eben ankommt.«

Und damit gab sie ihm mit ihrer wuchtigen Hand einen recht tüchtigen Klaps ins Gesicht und lief unter immerwährendem Lachen in das sonnige Dorf zurück.

Ott Boll jedoch stand erst eine Weile starr. Dann schüttelte er sein gewaltiges Stierhaupt und schritt darauf stracks dem überlangen Klaus Dudy entgegen.

»Du hast dir also mit ihr verlobt?« forschte er mit gefährlicher Kürze.

»Jawoll,« versetzte Klaus Dudy behaglich und streckte in voller Besitzerherrlichkeit seine Hände in die Taschen und stand breitbeinig da. »Das hab' ich.«

»So, du Spitzbub'?« fuhr Ott mit unnatürlicher Kälte fort. »Denn nimm auch hier en lüttes Verlobungsgeschenk von mich.«

Krach, hatte er zugeschlagen, und so sausend fest und treffgewohnt mitten in das lange Gesicht des anderen, daß der glückliche Bräutigam förmlich geblendet stand, und Sonne, Mond und Steine um ihn im Kreise sprühten.

»Un nu grüß' ihr noch vielmals,« fügte der Angreifer gelassen hinzu, »und zu eurer Hochzeit da komm' ich.«

»Was?« fuchtelte der Geschlagene dagegen, während er in seinem Schmerz einen Satz in die Luft vollführte, »auch noch zur Hochzeit, du wahnschappenes Diert? Ne, das laß dich nich träumen. Ins Loch kommst du, und zwar auf vier Wochen, denn kuck', ich geh' nu gleich hin und zeig' dir an. Und vorbestraft bist du auch all.«

Und so geschah's. Ott Boll verbrachte zurückgezogene Pfingsten an einem einsamen Orte, ließ sich später anheuern und stieg in Brasilien ans Land, gerade als für Klaus Dudy und Christin-Dörthe die Hochzeitsorgel klang und der Herr Pastor Witt eine wunderschöne Rede hielt nach dem erhebenden Kirchenverse: »Wo du hingehst, da laß auch mich hingehen.«

Dann verflossen drei Jahre.

Aber siehe, an einem schönen Frühlingstage, das Meer pfiff und flog gegen die Steine, und der Schaum brandete eine fröhliche Musik, wer schritt da breit und behäbig in nagelneuer blauer Seemannsuniform und betreßter Mütze das alte Bollwerk entlang?

Kuck, das ist Ott Boll. Und er trägt seine Hände noch immer so prachtvoll in den Taschen, als wenn er Millionen darin vergraben hätte. Auf dem alten, jetzt beinahe völlig zermürbten Boote sitzt der noch viel dürrer gewordene Klaus Dudy und rückt nun ein wenig beiseite, als sein alter Nebenbuhler neben ihm Platz nimmt.

»Tag, Klaus.«

»Tag, Ott.«

»Na, wo geht's?«

»Was, wie soll's gehen?« ruft Klaus Dudy giftig und kaut an seinen Fingernägeln herum. »Wenn du nicht so'n ollen Düsigen gewesen wärst und mußt der Dirn' all deine Schandtaten aufzählen, wer weiß, ob du ihr dann nicht zu meinem Glück bekommen hätt'st.«

»Kuck,« greinte der andere behaglich, »das is jo nett.«

Aber der junge Ehemann wurde nur noch zorniger. »Was,« schrie er, »nett? Glaubst du vielleicht, es ließ sich mit so 'ner ollen Giftigen, die so verflucht starke Knochen hat, in Güte leben? Und schuld an dem ganzen Kram bist du allein. Aberst wart', diesmal will ich mir wenigstens rächen. Ich bin dich's nämlich noch schuldig.« Und damit erhob er sich und schlug mit aller Wucht dem heimgekehrten Freunde direkt auf die Nase. »Und weißt du auch,« fuhr er fort, »warum ich dies tu? Bloß damit du jetzt hingehn kannst und mir anzeigen. Denn dann krieg' ich, wie du damals, meine vier Wochen, und bin ihr auf diese glückliche Zeit los.«

»So?« meinte Ott Boll ganz sacht und eben, während er sich mit dem roten Taschentuch den Blutkratzer abwischte. »Das meinst du woll, du Krischan Tapps! Aber dazu bist du viel zu dumm. Wo werd' ich dich denn so en feines Quartier verschaffen, das nur für anständige Leute gilt? Ne, ich zeig' dir woll an, aber du mußt mich 'ne große Entschädigungssumm' zahlen, denn du büst noch unbestraft. Bis auf Christin-Dörthe. Und das mag ja woll genug sein. Donnerwetter, es is damals doch der Heilige Geist stark über mir gewesen. Na, und nu grüß' ihr vielmals und richt' ihr aus, wenn sie mich eins meine Strümpf' flicken wollt' – sie wüßt' all, denn käm' ich. Un nu, Gott segen dir, und adschö!«

Die scheue Marik

Eine Geschichte vom Bodden

Ich habe die Geschichte von der alten Kase Stöwesand, und Kase hörte sie von Marik Grapentin selbst. Deshalb ist sie wahr, denn Kase Stöwesand sprach nie ein unwahres Wort, wenn sie auch gegen dreißig Jahre gelähmt an ihrem niedrigen Fenster saß und die kleinen Kinder das »Grugeln« lehrte, sobald sie ihnen mit ihrem gelben, zerrissenen Antlitz Gesichter schnitt. Und das einzige, was an Kase ein wenig unverständlich war, bestand darin, daß sie häufig ganz unvermittelt die Worte vor sich hinsprach: »Es ist halb acht.« Das war aber auch ganz in Ordnung, denn Kase hatte vor vierzig Jahren ihren Bräutigam durch den Seetod verloren, und nun erinnerte sie sich häufig an die Zeit seines schweren Scheidens, und dann murmelte sie die Stunde eben vor sich hin.

Es tobte ein schweres Schneewetter, und über den gefrorenen Bodden fegte der Sturm, daß die glatte Bahn unter dem Lärm stöhnte. Ringsherum konnte man gar nichts erkennen als graue Dämmerung.

Da stand ich in Kase Stöwesands Stübing, in dem eine kleine Petroleumlampe brannte, und sagte:

»Ich möcht' nu heiraten.«

»Ja,« nickte sie, »dann mußt du auch einen Weihnachtsbaum anstecken, denn ein Weihnachtsbaum hat eine Macht.«

»Wieso, Kase?«

»Ja, und dann darf es auch keine Scheue sein, sonst geht es dir wie Jasper Grapentin, dem Steuermann mit seiner Marik. Das war so:

›Marik, – Mariking, komm, kuck,‹ rief der Steuermann Jasper Grapentin, während er in den Flur seines schmucken Häuschens trat, und dabei schüttelte er sich den Schnee ab. ›Kuck, Marik, hier bring ich dich eine Tanne. Ich hab sie im Dangerower Holz geschlagen, und wenn du sie auch nicht hast putzen wollen, heut is Heiligabend, da is so was schön. Nu steck da ein paar Lichter dran, Wachs habe ich auch mitgebracht – hier – und dann setzen wir uns drunter und denken uns was.‹

Damit pflanzte der große, frische, kräftige Kerl, der schon in den Dreißigern stand, die dunkle Tanne vor seinem Weibe auf, das viel jünger war als er, und zart und rank und schlank wie ein ganz junges Mädchen. Das war sie eigentlich auch, da sie kaum die Achtzehn erreicht hatte.

›Na fix, Mariking.‹

Die Junge sah ihn mit ihren großen, blauen Augen einen Moment erstaunt an, sagte aber weder ja noch nein, sondern nickte rasch und begann, sich an dem Baume zu beschäftigen. Doch dieses stumme Nachgeben war gerade das Schlimme an ihr. Es war schlimm, daß sie so zeitig geheiratet hatte, und daß sie keinen eigenen Willen besaß, und vor allem, daß sie so scheu war. Woher das kam? Je, sie war als eine Waise bei dem Hafenmeister erzogen worden, und man hatte sie streng gehalten und viel gescholten, und zuletzt wurde sie als halbes Kind dem Steuermann Jasper Grapentin zugeführt, weil er ein frischer Kerl war und Freude am Geld zeigte und außerdem versprochen hatte, sie auf den Damm zu bringen.

Und das tat er auch auf seine Art, ganz gutmütig und recht nachsichtig, und er wartete ehrlich, bis ihr nicht mehr alles so fremd wäre, ihre Pflichten und das enge Beieinander und sein Vergnügen an ihr. Allein sie taute nur langsam auf – sehr, sehr langsam.

»Ja, ja, nimm dir keine Scheue,« meinte die alte Kase.

* * *

Aber nun flimmerte es doch von der dunklen Tanne, es duftete nach Harz, und auf dem weißen Tischtuch lagen die Geschenke, die sich die Gatten gegenseitig einbeschert hatten. Nur praktische Ge-

genstände durften es sein, für die Frau Stoff zu einem neuen Kleide, für den Mann ein Paar Fausthandschuhe, auch war keine Überraschung damit verbunden, weil alles vorher so bestimmt war. Aber nun standen sie doch vor dem weißen Tisch, und es ging wie ein Behagen durch den kleinen Raum.

›Schnell, Mariking,‹ sagte Jasper, ›nun mach die Laden vor den Fenstern zu. Dann wird es noch stiller. Und dann sind wir beide ganz allein.‹

Folgsam ging sie, wobei sie ihn mit ihren großen Augen ein wenig von der Seite maß, was er wohl mit seinen Worten bezwecke, und als das grüne Holz nun fest an den Scheiben lag und nur der Schnee, der zuweilen an die Scheiben pickte, die Stille unterbrach, da sagte Jasper, händereibend: ›Nu komm, Muddirg‹ – es war das erstemal, daß er sie so nannte, ›nu wollen wir uns hier auf das schöne, neue, schwarze Ledersofa setzen und uns was von dem Tannenbaum erzählen.‹

Damit zog er sie neben sich, und die Scheue saß ganz still bei ihm mit verhaltenem Atem, denn es zog etwas gegen sie heran, etwas Leises, Heimliches, Wohltuendes, was sie sich nicht erklären konnte.

›Was willst du?‹ flüsterte sie nur ganz sacht, und es schien, als ob sie sich wundere, daß sie überhaupt gesprochen habe.

›Ja, Mudding,‹ fuhr er fort, und es war wohl nur zufällig, daß er mit seinem Arm ein wenig den ihren streifte. ›Nu sitzen wir hier zusammen, und es is recht still bei uns. Aber wart man, mir kommt es so vor, als wenn es nu bald lauter bei uns werden könnt, nicht?‹

Dabei ließ er wieder einen seiner Seitenblicke über sie hinfliegen.

Jedoch kaum hatte er das Wort hervorgebracht, da schreckte Marik zusammen, wurde totenblaß und später wieder siedendrot und hob die Hände gegen ihn, als ob sie sich wehren wolle.

›Mein Gott,‹ stammelte sie.

›Wieso?‹ lachte Jasper und griff herzhaft nach ihrer Hand. ›Mudding, was is dabei zu schämen? Das is doch das, was der liebe Gott will. Das einzige, was schad dabei is, das besteht darin, daß du –‹ Jedoch er unterbrach sich und klopfte ihr auf den Rücken und rief in seinem muntersten Ton: ›Nu, Mudding, so viel haben wir lange nicht zusammen gesprochen. Wahrhaftig, so viel, daß mir davon ganz trocken in der Kehl' geworden is. Wie wär's, wenn du jetzt was zu trinken gäbst? Aber du hast wohl bloß wieder deinen Kaffee?‹

›Nein,‹ flüsterte sie rasch, ›ich hab' für dich Grog gemacht.‹

›Grog?‹ wiederholte der Steuermann, über ihre Aufmerksamkeit völlig verblüfft. ›Wahrhaftig, Mudding, richtigen Grog? Daran hast du gedacht? Oh, paß mal auf, Mudding, es wird noch, es wird noch allens richtig – es steckt so viel Gutes in dich.‹ Dabei war er aufgesprungen, nahm ihr den Grog mit dem warmen Wasser ab, und nun brachte sie Gläser herbei mit Zucker und Rum drin und goß ein.

Jasper mußte zusehen, wie sie alles bereitete, und als sie den Arm hob, da sah er auch, wie fein und kindlich er war! ›Mudding,‹ rief er plötzlich, nachdem er das erste Glas gekostet, ›du bist wie ein Weihnachtspüpping. Und der Mut – ja, ja, der wird dir auch schon noch kommen. Nu trink!‹

Da trank sie wirklich, und als ihr das Blut davon in den blassen Wangen zu schimmern begann, und als in den blauen Augen dunkle Flämmchen zuckten, da fuhren tolle Gedanken durch Jaspers Seele, bis er plötzlich ihre Hand ergreifen mußte, um ihre Finger mit einer schnellen Bewegung seinem Ohr zu nähern.

›So, Mudding, da kneifst du nu mal rein, und in den Bart da zupfst du mich auch. Du mußt nu endlich merken, daß du eigentlich der Stärkste hier bist. Ja?‹

Wirklich spürte er ihre Finger an seiner Haut, und trotzdem sie nur immer bat ›o Jasper‹, ließ er nicht ab.

›Nu lach' auch, mein Kinding,‹ bettelte er förmlich. Da geschah etwas Wunderbares. Hell und jung lachte sie plötzlich. Und es war ein so ungewohnter Ton, daß der Steuermann in die Höhe fuhr, als wollte er erforschen, woher der Laut gedrungen sei.

›Das kannst du?‹ kam es ungläubig von seinen Lippen, ›das kannst du?‹

›Makt up!‹ klang von draußen aus dem Schneewetter eine Stimme dazwischen.

Aus seinen Träumen gerissen, öffnete Jasper. Auf dem Flur stand der Postbote, der ihm einen Brief entgegenschob. ›Aus Wismar,‹ brummte er. Dann klingelte die Glocke an der Haustür, und der Eindringling war wieder verschwunden.

Wieder waltete Stille. Der Steuermann saß am Tisch und las. Die Lichter des Baumes waren fast herabgebrannt, und Jasper war so vertieft, daß er kaum merkte, wie aufmerksam und gespannt dieses junge Kind, das sein Weib war, sein Tun verfolgte.

Endlich löste sich eine Frage von ihren Lippen, kurz und gepreßt:

›Jasper, nimmst – nimmst du nun doch den Vorschlag an?‹

Er hob sein Haupt, seine Augen leuchteten ihren eigenen stählernen Glanz, den sie stets wiesen, wenn von Geldeswert die Rede war.

›Marik,‹ entgegnete er gedämpft, ›zweihundert Taler den Monat – und zum Schluß tausend Mark zum Geschenk. Das wird mir nie wieder geboten.‹

›Und wie lange bleibst du?‹

›Oh,‹ meinte er leichthin – ›knapp zwei Jahr'. Und dort oben in die Eisgegenden kann ich alles sparen. Oh, paß auf, Mudding, ich komm' als ein reicher Mann wieder. Und dann zahl' ich an auf einen eigenen kleinen Dampfer, und dann büst du Frau Kapitän. – Du sagst ja gar nichts?‹

Aber sie schwieg. Und das war wieder das Schlimme, daß dies laut pochende Herz nicht reden konnte.

Sie setzte sich in eine Ecke, und während er sich von neuem über das Schreiben beugte, schaute sie in die verendenden Lichter hinein und lauschte auf das Hämmern in ihrer Brust und hörte, wie auf dem Bodden das Eis knackte, scharf und brechend wie ein Wehlaut.

* * *

Nach vier Jahren kehrte Jasper Grapentin heim. Sein Schiff war dort oben eingeeist gewesen, so daß man nichts von ihm gehört hatte.

Es war ein älterer Mann, der da eines Morgens an die Tür klopfte, ein wenig geneigt, mit Furchen auf der Stirn und mit einem langen Vollbart, der an den Spitzen einen silbernen Saum aufwies. In der Hand trug der Mann eine winzige kleine Tanne.

›Guten Morgen,‹ sagte der Eintretende und stutzte, als ein kräftiges, biegsames Weib mit einem etwa dreijährigen Mädchen vor ihm stand: ›Bist du Marik?‹

Sie antwortete, während sie ihn befremdet musterte, mit lauter, klarer Stimme: ›So heiß ich, aber was wollen Sie hier? – ich brauche keinen Weihnachtsbaum.‹

›Ja, Marik,‹ erwiderte der Ankömmling kleinlaut. ›Heut is ja wieder Weihnachtsmorgen, und ich hab' den Baum im Dangerower Holz geschlagen. Du aber bist kräftig und schön geworden,‹ setzte er langsam hinzu, und seine Stimme, die er im ewigen Eise selten gebrauchte, klang schüchtern und bewegt, ›und nu leg die Arme um meinen Hals, denn sieh', ich bin Jasper.‹

Da trat die Frau einen Schritt zurück und riß ihr Kind mit sich, daß es aufschrie. Dann sprach sie abweisend: »Wenn du Jasper bist, so freut es mich, daß du am Leben geblieben. Und dies hier ist dein Kind. Aber die Arme mag ich nicht um deinen Hals legen, denn ich kann mich in dich kaum finden, so anders siehst du aus. Solche Zärtlichkeit ist mir auch ungewohnt. Aber während du fort warst, da hab ich alles so gehalten, wie es war, und die Arbeit hat mir gut getan. Nun setz dich nieder und trink einen Schluck Warmes.‹

Der Mann ließ sich nieder und schüttelte das Haupt. Dann zog er eine Brieftasche hervor und zählte mehrere Tausendmarkscheine auf den Tisch. Aber das Weib, das geschäftig hin und her ging, wandte keinen Blick danach. So blieb's den ganzen Tag. Sie sprachen kein überflüssiges Wort. Nur als der Steuermann einmal zaghaft über den Blondkopf des kleinen Mädchens streichen wollte, mußte er wieder befangen das Haupt schütteln und zog wie beschämt seine Finger zurück. Am Nachmittag ging er fort. Als er abends heimkehrte, da brannte die kleine Tanne, die er im Dangerower Holz geschlagen, und nebenan im Alkoven schlief das kleine Mädchen, denn es war schon spät.

Das Schweigen aber endete nicht. Still saßen die beiden auf dem schwarzen Ledersofa und sahen auf den Baum. Aber wie waren beide durch die Jahre verwandelt: Sie, aufrecht, erblüht, bewußt – und er müde, verarbeitet und bedrückt; ein Mann, der scheu und zaghaft geworden in der ewigen Stille der Eiswelt; nur die Geldtasche hielt er in seiner Hand wie eine Entlastung.

Lange, lange Zeit saßen sie so.

Als er jedoch daran denken mußte, wie er damals von dannen gegangen war, lieblos, gerade in dem Augenblick, als die scheue Seele neben ihm sich öffnen wollte, da schnitt ihm etwas durch die Brust, und schwer neigte sich seine Stirn, bis sie auf dem rotbuchenen Tische ruhte, und durch seinen derben Körper zuckte etwas wie ein Schluchzen, wenn er sich auch nicht rührte.

Und wieder verging eine lange Spanne Zeit. Die Tanne duftete und die Lichter flackerten im Luftzug, und so merkte der Versunkene nicht, wie eine Hand ganz leise sein Ohr berührte und dann auch seinen Bart zupfte, und wie dabei um die Lippen des kräftigen Weibes ein ganz eigentümliches, überwundenes und doch sieghaftes Lächeln spielte. – –

»Ja, ja, die Scheuen,« meinte die alte Kase, »sie haben so vieles, was man gar nicht enträtseln kann – das kannst du glauben.«

Onkel Pökel

oder
die Schatzgräberei zu Knüppelhagen.

Niemals hätte ich geglaubt, daß ich dieses Stück aus meiner Jugendzeit noch einmal ausführlich erzählen würde, und mein Nachbar, der Kaufmann Albrecht behält recht, wenn er sagt: »er is'n ollen guten Kerl, aber das Maul kann er nicht ordentlich halten«. Damit zielt er auf mich. – Leider ist es auch ein schlechtes Stück, denn ich habe es der Hauptperson meiner Erzählung, meinem lieben alten Onkel Pökel, vor vielen Jahren fest und sicher versprochen, daß ich über diese Begebenheit rein stillschweigen wollte. Und als er darüber beruhigt war, da hat er mir die Hände geschüttelt und so recht überlegen und selbstbewußt vorgebracht »Na, Jörging, denn kannst du dich auf mir verlassen, denn komme ich auch mal nach Berlin und grabe für dir so'n lütten Privatschatz aus der Erd' raus. Denn glücken tut mich das. Und wenn mich das zu Knüppelhagen nicht geglückt is, so liegt das an die ollen Däsköpp, die mich in meiner Sympathie unterbrochen haben; und Jörging« – Fier steckte sich mein Onkel Pökel so recht behaglich die Hände in die Taschen und stand vor mir, als wäre er der Besitzer von dem Berg Sesam mit allen seinen Schätzen, oder als wenn ihn Bleichröder oder Rothschild eben flehentlich gebeten hätten, er solle doch ihr Kompagnon werden –. »Un Jörging,« sagte er, »in Berlin, da liegen noch Schätze von die alten Griechens und Römers her, – die da mal gewohnt haben, und wenn ich erst mal so dazwischen steige, dann müßt' das ja mit dem Deuwel zugehen, wenn ich das viele Geld nicht finden sollt'. Und denn kennst du mir ja, mein Jünging.«

O ja, ich habe dich gut genug gekannt, du alte treue Seele, und wie habe ich mich immer gefreut, wenn es in der kleinen Stadt zu raunen begann:

»Onkel Pökel is' wieder da! – Hast all gehört? – Ne, was denn? – Er will ja hier wieder Schätzen finden! – Na, wo denn all wieder? – Na, in Vatter Krügern seine Mistkuhl' soll er ja liegen. – Donnerwetter! Krügern sein' Küh' machen woll Gold?«

So ging das, wenn du in die kleine Stadt reinkamst, lieber alter Onkel Pökel, mit Deiner mageren, dürren Gestalt und den langen, langen Beinen, die du immer in gelben Nankinghosen stecken hattest, und mit deinem alten ehrlichen Gesicht, das stets so feierlich aussah, wie von einem Propheten aus dem alten Testament, wenn er gerade seinen alten Juden etwas vorprophezeien wollte. Und als du nun wirklich einmal aus dem Rapsfeld von Ackerbürger Schröder einen kleinen Henkeltopf mit sechs Fünfgroschenstücken herausgeholt hattest, da wollten Dir ja deine Mitbürger beinahe einen Fackelzug bringen, und abends wurde auf den Topf hin ein wissenschaftlicher Verein gegründet, von dem sie dich zum Präsidenten machten, – und dann wurde in dem kleinen Henkeltopf eine schöne Bowle gebraut, und meinem eigenen Vater ist von diesem schönen Trank auf diesem schönen Fest sehr übel zumut geworden.

Lieber Gott, wie lange ist das nun schon her. Die Fackeln sind ausgelöscht, und die Lebensfackeln sind auch ausgelöscht, und mein Vater schläft schon lange, und auch mein lieber Onkel Pökel ist tief, tief in die Erde niedergestiegen und liegt dort ganz still – und hat selbst einen großen Schatz mit in die Erde genommen – einen großen Schatz von Liebe und Menschenfreundlichkeit und ein warmes, weiches Herz, ein Menschenherz – und diesen Schatz, den wird keiner mehr aufspüren, der muß liegen bleiben unter der kalten Erde, und erst am jüngsten Tage, da nimmt ihn der große, der himmlische Schatzgräber in die Höhe und besieht sich das Herz und sagt: »Das ist echt, das ist eitel Gold, und das kommt in meine beste Schatzkammer.« –

Onkel Pökel, bis dahin vergeht aber noch eine geraume Spanne Zeit, und als ich jüngst in meiner alten Heimat an deinem Grabe vorüber wanderte, da stand kein Leichenstein darauf. Nur ein paar Vögel sangen auf deinem Grab, und ein paar gelbe Butterblumen blühten an dem Ort, die sahen beinahe so aus, wie deine gelben Nankinghosen. Und da ist es mir eingefallen – wie wär's, wenn ich selbst versuchte, dir ein Denkmal zu setzen. Siehe, und da war's mir beinahe, als wenn du deinen alten Kopf zur Höhe gebracht und gelacht hättest: »Jung', du willst mich doch nich etwa einen Steinmetz auf mein Grab bringen?« Ne, Onkel Pökel, dies wird ein geschriebenes Denkmal – hab' auch keine Furcht, daß es zu anspruchsvoll wird, denn kuck, es kann nur ein kleines bescheidenes

Denkmal werden, weil ich selbst nur ein kleiner bescheidener Steinmetz »mit der Feder« bin. Und nun schlafe wohl, Onkel Pökel; ich fange an und erzähle das

Erstes Kapitel.

Es war in der Schummerstunde. Leise fielen die Schneeflocken von dem grauen Himmel auf die festgefrorene Erde hernieder. Alles war still, als gäbe es hier etwas zum Zuhören. Die alten Pappeln standen steif und starr mit ihren weißen Hemden vor dem einsamen verlassenen Wirtschaftshaus zu Knüppelhagen, und die alten Pappeln sahen aus, als wollten sie auch in ihr weißes Bett gehen, müßten aber vorher noch revidieren, ob auch die Sonne, die noch am Himmel stand, gleich einem kleinen, rosigen Mädchen, das noch nicht schlafen gehen will, ob auch die Sonne hübsch artig in ihr weißes Bett ginge. – Die Sonne ging in ihr weißes Bett, ein bißchen zögernd, als wenn sie noch ein wenig aufbleiben wollte – und gerade als sie ihren letzten Blick zurückwarf, da wurde unten auf der Erde ein tiefer, schmerzlicher Seufzer laut.

Die Pappeln waren es nicht; wer war das?

Es war ein großes, schlankes Mädchen mit schlichtem Goldhaar und einem Paar dunkelblauer Augen, und die dunkelblauen Augen sahen aus einem blassen, lieblichen Gesicht so sehnsüchtig hinter der Sonne her, als hätte eben die Hoffnung von ihr Abschied genommen und wollte gar nicht mehr wiederkommen.

»Lening, is dich was?« fragte hinter ihr eine scharfe Stimme, und eine große, starke Frau, die bis jetzt in der warmen Stube an dem Bett ihres Mannes Krischan Sellentin gesessen hatte, sah sich nach ihr um.

»Ne, Mutting, mir is' nichs,« erwiderte Lening vom Fenster aus.

»Na, ich dacht' man, mein Döchting, und nun bring Vatting seinen Tee.«

Lening stand auf, brachte Vatting den Tee und strich dabei mit ihrer weißen Hand über sein Haar: »Vatting, geht dir das all besser?«

Aus dem Bett rülpste sich etwas mit einem scheußlich heiseren Ton, als wenn eine alte Baßtrompete das erstemal probiert werden sollte:

»Ne, Lening – mein G'nick, das ist noch ümmer so steif – und das Kreuz – das verdeuwelte Kreuz – so steif wie 'ne Wagendeichsel – nu kuck ich all zwei Tag' lang ümmerzu an die Decke – und da is doch gar nichs zu sehen, als ein paar dämliche Fliegens, die da einges'lafen sünd.«

»Krischan,« ermahnte seine Frau, »du mußt Geduld haben.«

»Da hab' mal wer Geduld,« tutete es wieder aus dem Bett – »wenn en Mensch nichs als Fliegenbiesters zu sehen kriegt – tut – tut –; da soll ja der Deuwel reins'lagen.«

»Vatting,« wandte Lening sanft ein, »der Doktor sagte mir heut« – – –

»Ach was, der Dokter – so'n unanständigen Kirl – er will mir ja woll einreden, daß meine Krankheit ganz wie en Frauensmensch heißen tut – Fru Enzan heißt ja woll das oll' Kretur.«

»Frauensmensch?« rief Frau Sellentinen hier scharf und richtete sich überaus gerade in die Höhe. – »Krischan, hier – vor Lening? s'weig rein still!«

»Was? – noch still s'weigen? und ich kenn' gar kein' Fru Enzan?« jammerte es wieder aus dem Bett.

Lening war ganz rot geworden, nun sagte sie: »Vatting, du hast den Herrn Doktor woll nich richtig verstanden, er meinte ja, du hattest die Influenza.«

»Das is mich ganz parti egal, Lening. – Influenza, pfui, das is ja ene Pferdskrankheit. – Bünn ich 'n Pferd? – Lening, kuck eins – –« hier wollte er noch weitere Erklärungen abgeben, daß er kein Pferd wäre, aber er verrückte sich in seiner Lage und fing wieder schrecklich zu stöhnen an: »Je – je –, je – nu' hab ich's wieder –, ich darf mir nich rühren – ich kann von die verdammten Fliegenbiesters nich los – 's sitzt wieder ins G'nick – Mudding, lies mir vor aus das Buch – das ist noch's best'.«

»Na, Sellentin, denn lieg' aber auch rein still. Dies is ein sehr religiöses Buch, haben sie mir aus Strelitz sagen lassen, denn ich wollt' was Erbauliches für dir haben.«

»Na, wie heißt's denn?«

Frau Sellentin machte sich den Finger naß und schlug die erste Seite auf: »Das Buch heißt – der Olymp, oder – My–to–lo–gie der Griechen und Römer mit Einschluß der ägyptischen, nordischen und indischen Götterlehre von A. H. Petiskus.«

Aus dem Bett drang so ein winziger verlorner Seufzer: »Mutting, dies wird woll sehr fromm?«

Und nun fing seine liebe Frau an zu lesen von all dem alten Götterkram, und Krischan sah immer fromm nach oben, als schicke er tausend Gebete zu Zeus und Apollo in die Höhe, in Wahrheit aber blickte er immerfort nach seinen beiden Fliegen; und Lening setzte sich auch wieder ans Fenster und starrte in die Nacht hinaus.

Draußen fielen noch immer die Schneeflocken, und das schöne große Mädchen sah so angespannt in das Schneetreiben hinein, als sollte dort jemand herausschreiten, den sie über alles lieb gehabt. Aber derjenige, an den sie dachte, der konnte ja nicht kommen. Der hatte ihr ja erst heute einen Brief geschrieben, daß sein Vater, der reiche Gutsbesitzer Dankward, ihn enterben wollte, wenn er sich noch weiter um die arme Bauerndirn' bekümmere; und sie selbst solle nun entscheiden. – Und sie hatte gleich entschieden. All' seine Geschenke hatte sie ihm zurückgeschickt und seinen Brief hatte sie in kleine Fitzeln gerissen. – Das tut weh, arm Lening, sehr weh. – Und als sie nun so in das Schneegestöber hineinstarrte, da kam ihr ein merkwürdiger Gedanke:

Die Erde hatte dem Himmel auch die Treue gebrochen, und der Himmel zerriß gleichfalls den Brief von seiner alten Liebsten, und die Schneeflocken, die nun herniederfielen, das waren die Fitzeln von dem Brief, und die fielen der treulosen Erde gerade ins Gesicht. – – Da schlug der Hund an, die Tür ging auf – und herein trat – –

»Je, ein Dunner! das is woll Pökel?« schrie Krischan aus seinem Bett und machte wieder einen traurigen Versuch, von seinen Fliegen loszukommen.

Jetzt stand die Frau auf; Lening sprang ebenfalls heran, um Onkel Pökel seinen Sommerüberzieher in Empfang zu nehmen. Denn er trug im Winter einen Sommerüberzieher; er machte aus der Armut eine Tugend und sagte, er wär' für die »Fentilatschon«. – Und als sie ihn nun ausgepackt hatten, sagte Onkel Pökel mit seiner alten feierlichen Stimme:

»Was is' dies hier? Krischan liegt im Bett und hat 'n rotes Schnupftuch um den Kopf gebunden.«

– – Hier trat er ans Bett. »Krischan, guten Abend, warum kuckst du mir gar nich' eins an – was schad't dich denn?«

Krischan wollte sich auch zu seinem alten Freund herumdrehen, allein es ging nicht.

»O je – je – je,« jammerte er, »Pökel, Pökel, ich hab' ja was mit en Frauensmensch.«

Onkel Pökel sah sich sehr ernsthaft um, dann faßte er nach der Hand des Patienten und sagte: »Reg' dir also nich auf. – Du hast es woll ein bißchen im Kopf?«

»Jawoll, Pökel,« stöhnte es wieder, »die beiden Fliegenbiesters – ich bin nun woll bald selbst 'ne Flieg'.«

»Süh, süh, Krischan, 'ne Flieg',« nickte Onkel Pökel und wurde ganz blaß, und leise flüsterte er der Frau zu: »Mein arm' Freundin, wie lang is' er nu all so übers'nappt?«

»Was, mall soll er sein?« rief jetzt die Frau, und nun riß ihr die Geduld! »Die Gripp hat er, weil er vergangene Woch' wegen seine Frostbeulens mit nackte Füß' in'n Schnee rumgelaufen is.« –

»Was? bloß Frostbeulens?« fragte Onkel Pökel sehr erleichtert, nahm sich einen Stuhl und bekam mit einmal wieder Oberwasser, »denn zeig mich mal deine Füß', Krischan. Dagegen weiß ich 'ne Sympathie. – Du mußt den großen Zeh in'n Mund nehmen und sieben Vaterunser dazu sagen, denn is' gut.«

Hier schwieg er still, denn Frau Sellentin nahm das Buch und schlug ihm damit auf das Knie:

»Pökel, Pökel – wollen Sie mal endlich mit Ihr' Zauberei aufhören? Ich will das nicht in meinem Haus! Sie werden mich ja noch in Verruf bringen.« –

Sie wollte noch ein bißchen weiter predigen, aber Onkel Pökel nahm ihr die Mühe ab, indem er beide Hände in die Höhe brachte, beinahe über ihren Kopf, als wenn er Madame Sellentin alle Haare ausreißen oder einen fürchterlich gräßlichen Fluch aus dem alten Testament loslassen wollte.

»Madame Sellentin,« sagte er feierlich, und nun sah er gleichfalls nach Krischans Fliegenbiesters in die Höhe, »ich sag Ihnen, heut ist der Tag und die Stunde und das Zeichen von ein glückliches Gelingen – denn die Planetens sünd in die Reih, und die Monetens sünd in die Reih, und die Trabantens sünd in die Reih – – – –«

»Aberst Ihre fünf Sinnen sünd nich in die Reih,« schrie Frau Sellentin und warf das Buch hin, daß der ganze Olymp ins Wanken kam. »Sie sollen mich mit Ihren Monetens vom Leibe bleiben. Haben Sie mich nu verstanden?«

»Frau Sellentin, ich mein ja doch bloß die Konstellatschon – wegen ihr bin ich ja man gekommen.«

Frau Sellentin warf sich auf ihren Stuhl und rang nach Luft: »Ach was, Pökel, lügen Sie nich, Sie sünd gekommen, weil Sie glaubten, daß wir uns' Schwein all geschlachtet hätten. – Na, ich hätte Sie ja auch gern bei das Essen dabei gehabt, aber durch Krischan seine Krankheit muß ich das noch aufschieben. – Für heut gibt das man Krankenkost, und die soll Lening gleich besorgen.«

Bei diesen Worten stand Lening still auf und ging in die Küche.

Pökel wollte sich nun entschuldigen und schwatzte viel von Marsen und Venussen, die ein paar ausgezeichnete Planeten für die Schatzgräberei wären, und daß Frau Sellentin ihr Glück mit Füßen fortstieße, weil sie ihn nicht einmal unter der großen Eiche in ihrem Garten nachgraben ließe; als er aber auch von dem Planeten Jupiter erzählen wollte, da fing sich auf einmal das Bett vor Krischan an zu bewegen, gleich dem weißen Berg Hekla, wenn er ins Feuerspucken kommt, und als Pökel noch einmal »Jupiter« sagte, da brach in dem Berg das richtige Erdbeben los, nur daß statt des Donners immer so'n kreischendes Lachen gehört wurde: »Ju–pih–Ju–pih–ter–, je –, je –, Ju–pih – – –«

»Gott bewahr' mir,« segnete sich Onkel Pökel. »Krischäning, was willst du denn von dem alten Heidengott?«

Allein jetzt wäre beinahe der Lavastrom aus dem Bett Hekla herausgeschossen, so fing der Berg an zu tanzen.

»Pökel – sag eins,« – so rollte es aus den Kissen – »Jupiter, das is ja woll der alte S'weinigel?«

»Was für'n S'weinigel?« echote Onkel Pökel, gleichsam vor den Kopf geschlagen.

»Na, Mutting, du weißt doch, der oll' Kerl aus das Buch, der ümmer so hinter die lütten Menschenmädchens her is.«

Frau Sellentin sank in ihren Stuhl und schlug die Hände zusammen. »Krischan,« brachte sie, ins Herz getroffen, hervor, »und das in dein' Erbauung? Ne, ich schanier mir ja vor Pökel die Augen aus'n Kopf; pfui, schäm dir, schäm dir, schäm dir.«

Als sie dies zum dritten Male gesagt hatte, da war sie auch in der Küche verschwunden, und Krischan lag und wollte von seinen beiden Fliegen eine Auskunft darüber haben, was sich eigentlich hier um ihn herum ereignete. Nach einer Weile fing er wieder an:

»Pökel!«

»Na, was is denn all wieder?«

»'s is doch en höllischer Kerl.«

»Wer? ich?«

»Ne, der oll' Jupiter.«

»Deuwel, laß ihm doch sein.«

»Ne, wie das oll' Mannsmensch das bloß angefangen hat?«

»Gott bewahr mir, was denn all wieder?«

»Na, daß er seine leibliche S'wester heiraten konnt'.«

»So?« fragte Pökel mißfällig dagegen, »das hat er getan?«

»Und noch Kinders mit ihr bekommen,« wollte Krischan, sich aufrichtend, hinzufügen, brach aber über die Untaten von Zeus in ein klägliches Jammern aus: »Je, je, mein G'nick – daß der Großherzog von die Griechens aber auch so was zugibt – au! mein Kreuz – das wär' ja beinah', wie wenn ich mein eigen Lening freien wollt'.«

»Leg dir man wieder hin,« sagte Pökel. »Apropos, Lening – was is das mit den kleinen Mädchen, das sieht mich ja ordentlich verstört aus.«

»Ach, Pökel, sie rohrt mich über ihre Verhältnissen.«

»Über was?« fragte Pökel, als könnte er seinen Ohren nicht trauen.

»Ach, über meine s'lechten Verhältnissen und über den ollen Gutsbesitzer Dankward, der sich ja für 'n reichen Mann aufspielt.«

Und nun erfuhr Onkel Pökel die ganze traurige Geschichte.

»Donnerwetter,« sagte er zum Schluß. »das is kein Spaß – mein klein Lening – und dabei sünd meine Planetens so hübsch in die Reih' gewesen –. Na, wart' eins Krischan.«

Damit ging er gleichfalls in die Küche, und Krischan lag wieder unter seinem Hekla und konnte zwei Beobachtungen machen. – Erstens, daß in der Küche viel geweint und viel geküßt ward.

»Donnerwetter, was hat Pökel mein' Fomilie abzuküssen?«

Und zweitens, daß in der Zwischenzeit eine von den beiden Fliegen eine Strecke an die andere herangekrochen war. »'s is nich möglich, nun werden sie woll bald anfangen Karussell zu spielen,« wunderte sich Krischan und verlor sich in ein tiefes Nachdenken.

Zum Abendbrot wurde nur wenig gegessen. Der Tisch stand vor Krischans Bett, aber der Gastgeber konnte sich nicht rühren, Frau Sellentin war ärgerlich über Petiskussen und den alten Dankward, Lening nur über den jungen Dankward, und Onkel Pökel warf immer einen trauervollen Blick auf das blasse Lening und einen vergnügten auf sein Stück Mettwurst, aber langsam versank er auch in ein tiefes Nachdenken, bis er endlich mit der Faust auf den Tisch schlug, ausrufend: »Fein – nun hab' ich's.«

»Was denn, Onkel Pökel?« fragte Lening, die ordentlich zusammengefahren war.

»Oh, nichts nich, ich habe bloß etwas sehr Ernsthaftes vor.«

Das hörte Frau Sellentin, und es stimmte ganz mit ihrem Ärger über Petiskussen überein: »Pökel,« schalt sie leise, »Sie werden mir doch nicht wieder mit Ihr abergläubig dumm' Zeug kommen wollen?«

»Ne,« sagte Pökel siegessicher, »meine liebe Freundin, Planetens und Trabantens, das sünd astronom'sche Konstellatschonen und kein Aberglaube. – Abergläubisch bün ich auch nich, und wo ich so was hör, da vermahn ich die Leut' zu Einsichten, z. B. Ihre Frau Nachbarn da drüben, die Frau Muchown. – Was hat mir die Ollsch vergangene Woch' für Unsinn vorgetragen! – Die Frau leidet in der Nacht an die Mort oder, wie es hochdeutsch heißt, ans Alpdrücken; und nun denken Sie bloß, was das alte Weib nu glaubt. ›Herr Pökel,‹ sagte sie zu mich, ›es gibt Menschens, die über die Nas' zusammengewachsene Augenbrauen haben, und diese Menschen, die müssen nachts umgehen und kommen in fremde Stuben herein und fassen andere Menschen, die da im Schlaf liegen, fest um und drücken sie, und das ist denn der Alp. – Und wenn man zu solchem Gespinst sagt: »Ich lad' dir morgen auf's Mittagessen ein«, dann muß sich das Gespinst einstellen‹ – Frau Sellentin, haben Sie all solche Drähnerei gehört?«

Möglich, daß Frau Sellentin etwas derartiges noch nicht gehört hatte, jedoch im Augenblick beugte sie sich vor und sah ganz ängstlich auf die Nase von Onkel Pökel.

»Wo?« fragte der Gast und nahm sich seine Serviette, »ich habe mich woll Mettwurst angesmiert?«

»Ne, Pökel – Gott bewahr mir! Aber Sie haben ja auch ganz zusammengewachsene Augenbrauen,« rief Frau Sellentin und rückte ihren Stuhl ein wenig ab. »Sünd Sie mir auch ganz gesund?«

Als Onkel Pökel ihr ängstliches Gesicht sah, da wurde er sehr ärgerlich, er stand auf, nahm sein Licht und sagte: »Nehmen Sie's mich nich übel, Frau Sellentinen, was wollen Sie damit sagen? Hab' ich Sie all mal in die Nacht gedrückt? – Oder hab ich Krischan all gedrückt? – Krischan,« fuhr er auf, »sag eins, hab ich dir schon in der Nacht gedrückt?«

»Ne,« schallte es aus dem Bett, »auf so was hast du dir noch nich eingelassen, Pökel.«

»Und hab ich Lening vielleicht gedrückt?«

»Pökel,« lenkte die Frau ein, »ich habe es ja nicht so gemeint –«

»Nich so gemeint – so? – aber Sie haben mir zu'n Gespinst machen gewollt! – sehe ich aus wie 'n Gespinst, das mit dem ersten Hahnens'rei vers'winden muß? – Bün ich bei Ihnen schon mal mit 'm ersten Hahnens'rei vers'wunden?«

»Pökel, ich bün ja überzeugt, daß Sie kein Gespinst sünd, nun geben Sie sich doch auch, alter Freund.«

»Kein Gespinst? – schön – aber vers'winden tu ich nu doch – ich schlafe mit Ihrer Verlaubnis in Ihrer Dachkammer; und nun – gut' Nacht, Krischan, und gute Besserung.«

Damit ging er, und Lening leuchtete ihm nach oben. Als sie beide jedoch die kleine Treppe heraufgestiegen waren, blieb Onkel Pökel plötzlich stehen und sagte, er müsse noch einmal herunter, und als ihn Lening gerade verwundert fragen wollte, was er noch in dem Schnee zu suchen hätte, da faßte Onkel Pökel das schöne große Mädchen um, gab ihr einen zärtlichen Kuß auf ihren roten Mund und flüsterte:

»Lening – mein süß' Lening – nicht weinen, Lening – 's wird allens wieder gut. – Onkel Pökel is auch noch da. – Un die Planetens und die Monetens sünd in die Reih' – ich helf dich, mein lütt Dirn.«

Und damit ging er wieder die Treppe hinab und verschwand in der Winternacht.

Zweites Kapitel.

Nun, meine allergnädigsten Leser, müssen Sie mich entschuldigen; ich weiß nämlich nicht mehr, wie meine Erzählung weiter geht. Aber desto besser weiß ich, was Sie zu dieser Eröffnung sagen werden.

»Was?« werden Sie mir vorwerfen, »erst führst du uns an der Nase herum, so daß wir all dein dumm' Zeug mit anhören müssen, wie Onkel Pökel einen Sommerüberzieher trägt, und Krischan was mit Frau Enzan zu tun hat, und wie Frau Sellentin ihre Bekanntschaften im Olymp erweitert, und daß es Menschen mit zusammengewachsenen Augenbrauen gibt; lauter solch Zeug haben wir mit dir durchmachen müssen, und nun endlich, wo du etwas ordentliches zu erzählen hast oder, wie man sagt, wo das Moment der Spannung eintritt –, da willst du uns im Dreck sitzen lassen und Reißaus nehmen?«

Meine allergnädigsten Leser, darauf habe ich etwas sehr Gebildetes zu antworten:

Der alte Plato, – das ist aber nicht der alte Instrumentenmacher, der in den Zeitungen stets seine Harmoniums und Leierkästen bei uns anpreist – nein, der alte Philosoph Plato, der ein höllisch witziger Kopf gewesen ist, der hat einmal geäußert: das menschliche Leben wär' man »so – so«. Wir wüßten gar nicht, ob wir das nun in der Tat sehen, was draußen passiert, oder ob wir es nicht sehen. Das könnte auch möglicherweise alles nur Schein bedeuten oder Schatten der Wirklichkeit. Wie wenn ein Mensch sein ganzes Leben lang in einer düsteren Höhle säße, mit der Rückseite gegen das Licht, und gucke immerfort an eine Steinwand. Und an dieser Wand, da huschten beständig die Schatten von all dem vorüber, was draußen in Wirklichkeit passiert, und der Mensch würde nun sagen, eben diese Schatten wären das Wahre. – Sehen Sie, meine allergnädigsten Leser, so ist es mir immer mit Onkel Pökel gegangen, wenn ich ihn einmal nach dieser Nacht fragen wollte und was er da eigentlich ausgeführt hätte. Da hat er mir gleichfalls stets seine Rückseite zugekehrt und hat an die Wand gesehen und hat allerlei Worte vor sich hingebrummt und mit den Händen dazu gefuchtelt, als wenn er sich mit lauter ekligen Schatten herumzuschlagen hätte, und daraus sollte ich dann klug werden.

Nun, ich werde Sie ja nicht im Ungewissen sitzen lassen und auf jede Gefahr hin lieber weiter erzählen, aber wenn wir nun doch an eine dunkle Stelle kommen, dann müssen Sie eben das Gefühl haben, als säßen wir nun alle miteinander in der dunklen Höhle, und

Platos und Onkel Pökels seltsame Schatten stiegen vor uns auf und nieder. – – –

Als die Uhr halb zwölf schlug, da kam Onkel Pökel mit zwei kleinen Jungen beinahe erfroren auf den Hof geschlichen und kuckte sich ein wenig unsicher um. Wo er die Jungen hergenommen hat, das weiß ich nicht, geht mich auch gar nichts an, das sind schon zwei von den düsteren Schatten, ich glaube aber, daß es die beiden halbausgewachsenen Jungen des alten Stadthalters Pagel waren, die ihr Vater Onkel Pökeln bei seiner Schatzgräberei in die Lehre gegeben hatte.

Der Mond steckte hinter schwarzen Wolken, der Schnee blinkerte auf der zugefrorenen Erde und es war bitterlich kalt: »Jungens,« flüsterte Onkel Pökel plötzlich seinen Lehrlingen zu, »wird da nich vor uns ein swarzer Schatten sichtbar, der durch den Garten schwebt und in der Luft verschwindet?«

Die Jungens aber waren in der Schatzgräberei noch zu dämlich und sagten, sie sähen nichts.

»Na, denn is gut,« meinte ihr Lehrherr, »und nun haltet mich das Maul. Bei der Schatzgräberei darf auch nich ein Sterbenswort gesprochen werden, sonst is allens vorbei. Kuckt, dort ist die Eich', und nun warten wir noch bis Klock zwölf.«

Und nun standen sie dort zu dreien und warteten auf die Geisterstunde.

So steht manchmal der Mensch und wartet auf eine bestimmte Stunde, wo das Glück kommen soll, und das Glück steht dabei schon hinter ihm, und es ist ein weißes, rosiges, wundersames Mädchen, das mit Herzklopfen darauf lauert, daß der Mensch ihr um den Hals fallen soll; und der Mensch tut es nicht und meint, das Glück müsse erst kommen; und dann hört er plötzlich so ein leises Rauschen, und wenn er sich danach umschaut, dann ist das rosige Glücksmädchen unter Tränen von ihm gegangen, und hinter ihm steht Frau Sorge mit ihrem grauen Mantel und greint ihn an und sagt: »Schafskopf, nun kannst du lange auf die kleine Dirn' warten, aber ich, mein Jünging, werd' dir zur Gesellschaft ein bißchen hier bleiben.«

Auch Onkel Pökel hörte über sich in dem kahlen Eichbaum so ein leises Rauschen, aber als er seine lange Nase in die Höhe reckte, da bemerkte er nichts, und nun stand er wieder und sah nach Lenings Fenster. Da hingen ein paar Eiszapfen herunter, die sahen beinahe so aus, als wären es Tränen. Und seine Lehrlinge, die kleinen Pagels, standen bei ihm, und ihnen liefen gleichfalls die Tränen über die Wangen, allein es geschah vor Kälte, und weil sie noch so unerfahren bei diesen Zaubergeschäften waren.

Da schlug die Uhr aus dem Dorfe zwölf. – Die dumpfen Schläge rollten durch die Nacht und dazu fing der Wind an zu wehen, und der Eichbaum knarrte und stöhnte, als wohnten Geister in seinen Zweigen und streckten ihre weißen Hände nach Onkel Pökel aus.

»Nun man zu,« flüsterte dieser, obgleich ihm zumut war, als sollte er sich jetzt in eine Geisterschlacht einlassen, »nun schüppt los, Jungens.«

Auf dieses Kommando begann das Graben. In tiefem Schweigen wurde in die Erde gehackt, und Pökels Lehrlinge griffen die Sache gleich so herzhaft an, daß Schliemann sie, wenn er zugesehen hätte, gewiß sofort für Troja engagiert hätte. So wurde das Loch immer tiefer, und der Wind heulte immer unheimlicher, und der Eichbaum stöhnte und wimmerte, als wäre er ein Geizhals, dem man seine Schätze nehmen wollte. – Und ich glaube, sie hätten den Schatz auch gehoben, wenn er nämlich dagewesen wäre, und wenn nicht einer von den Lehrlingen die Sympathie gar zu dämlich unterbrochen hätte.

»Herr Pökel,« schrie plötzlich eine laute Stimme.

»Jung – Gott schütz' dir – willst du woll das Maul halten!«

»Jawoll, Herr Pökel,« krähte das wider, »aber kucken Sie, da oben – das Schwarze mit den feurigen Augen – das ist der Deuwel, der auf uns zukrabbelt, um uns das Genick umzudrehen. – Ich werd' mir hüten!« – Und damit warfen beide Lehrlinge ihre Hacken weg und fuhren wie der Sturmwind aus dem Garten heraus. Nur aus der Ferne klang es noch herüber: »Der Deuwel – in Sellentin ihren Garten spukt der Deuwel!«

Von dem Eichbaum kroch etwas herunter, setzte sich auf einen Ast und leuchtete Onkel Pökel mit feurigen Augen an. Den Schwanz hatte das Gespenst zwischen die Füße geklemmt.

»Je, je,« stotterte nun mein lieber Onkel Pökel und wäre beinahe in die Knie gebrochen, »wat is das?«

Er richtete sich auf, räusperte sich und sagte recht kleinlaut: »Wer sünd Sie?« – Keine Antwort. – Der Deuwel saß da und tat immer so, als wollte er dem Schatzgräber sofort an den Hals fahren.

»Hören Sie nich? – Wer Sie sünd? – und wo kommen Sie hierher? – Ich kann doch nicht glauben, daß Sie der Deuwel sünd? Ich bün Pökel, wollen Sie was von mich?« –

Allein der Deuwel war nicht für die modernen Vorstellungen, er nahm seinen Schwanz nach vorn und fing an, damit nach Pökel zu schlagen. Der Schwanz war spitz wie eine Nadel.

»Gott segen mir,« stammelte Pökel kläglich, »so haben wir nich gewett',« und nun vollführte er einen Sprung und schoß mehr tot als lebendig in die Küche von Frau Sellentin hinein, um dort nach Licht zu suchen. Er fand aber keins, warf nur ein paar Teller auf die Erde, riß jedoch in seinem Eifer auch die Schlafstube auf, wo die beiden Ehegatten schlummerten, und stand nun, nach Luft ringend, auf der Schwelle. In der Stube hatten sie wegen Krischans Krankheit ein Nachtlicht angesteckt, und Krischan, der fortwährend von Pökels zusammengewachsenen Augenbrauen geträumt hatte, richtete sich vor Schreck in die Höhe, sah seinen alten Freund an und fing fürchterlich an zu jammern:

»Mudding – da is er all – da steht Pökel – und nun will er uns drücken kommen.«

Frau Sellentin wachte auf, sah Pökel in ihrem Heiligtum, und hui! kroch sie wieder unter ihre Decke, bis nichts mehr von ihr zu sehen war.

Onkel Pökel jedoch war ebenfalls vor Schreck um die Sprache gebracht, er konnte nur die Arme in die Höhe heben, aber dies bestärkte Krischan immer mehr in seiner Meinung:

»Pökel – ich lad dir morgen aufs Mittagessen in,« jammerte er mit seinem steifen Genick. »Es gibt auch Erbsensupp' mit S'weinsohren, aber ich bitt' dir, oll Freund, hüpp' mir nich auf die Brust.«

Und als er das gesagt hatte, da verschwand er ebenfalls von der Oberwelt, bloß unter der Decke bullerte das noch so ein bißchen vor: »Aufs Mittagessen – aufs Mittagessen – au, mein G'nick!«

Ich weiß nun nicht, ob Onkel Pökel eine kleine Probe vom Alpdrücken gegeben hat, ich glaube es aber nicht, denn er befand sich bereits ein paar Sekunden später als ein ganzer Kerl wieder vor seinem Eichbaum, und diesmal trug er ein Licht in der Hand, als wollte er vor dem Deuwel eine Prozession abhalten. Aber wo war der Deuwel? In dem Loch in der Erde saß er und fing auf einmal an zu bitten:

»Herr Pökel – ach, ich bitt' Sie – helfen Sie mir doch aus diesem verfluchten Loch heraus – ich hab' mir meinen ganzen Fuß versprungen.«

»Süh, süh,« sagte Onkel Pökel, »was wird das? Mein Deuwel fängt ja an, höllisch höflich zu reden.« Und nun leuchtete er ihm ins Gesicht.

»Was? Fritz Dankward, Sie sünd der Deuwel?« rief Onkel Pökel jetzt fassungslos und hielt ihm das Licht unter die Nase. »Herr, – ich weiß gar nich – wo kajolt Sie denn der Deuwel auf unseren Eichbaum rauf?«

»Herr Pökel, später – erst helfen Sie mir bloß aus das Loch.«

»I, ne, bleiben Sie man noch'n bißchen sitzen. Das is 'ne gute Abkühlung auf den Brief, den Sie an uns' Lening geschrieben haben. Was? Erst so'n Brief und denn diese Kletterei auf unseren Eichbaum? – Herr, ich glaube, in Ihrem Kopf muß das nüdlich aussehen.«

Nun wurde der Deuwel wild. »Herr, was geht Sie das an?«

»Was mir das angeht? Viel geht mir das an. – Kommt so'n Kiekindiewelt und verdreht erst solchem kleinen unerfahren Mädchen den Kopf und denn will das mit einmal nich und spielt sich hier als Deuwel auf. – Na, ich werd' doch aber mal die Leute zusammenrufen, damit sie sich das Gespinst doch mal in die Nähe bekucken können.«

Damit tat er, als ginge er fort.

»Um Gottes willen, Herr Pökel, bleiben Sie hier, ich will Ihnen ja alles erklären, ich – ich bin ja man bloß auf den Baum gestiegen, weil – –«

»Na, weil?«

»Weil« – Und nun begann das aus dem Loch heraus ganz sanftmütig zu reden:

»Onkel Pökel, wenn Sie auch zurzeit Wittmann sind, sie haben doch auch mal eine Braut gehabt.« –

»Ja,« sagte Onkel Pökel, »war 'ne süße Dirn.«

»Nun sehen Sie, Onkel Pökel, ich hab's ja nich aushalten können, weil ich Lening dies angetan hab', aberst« – hier seufzte er tief auf – »aber mein Vater, der is gar nich dazu zu bewegen, der will mich ja von Haus und Hof jagen, und da habe ich mich verleiten lassen und den unseligen Brief geschrieben.«

»Ja, das is allens sehr schön, aber was haben Sie denn dabei auf dem Baum' zu suchen?«

»Onkel Pökel, begreifen Sie doch, ich habe sie ja doch bloß noch mal sehen gewollt! –«

»Was, mir?«

»Ach, Lening – dort oben liegt sie nun in der Kammer, und ich bin ihr so nah' und weiß mir nich zu helfen.«

Onkel Pökel sah ihn eine Weile ernsthaft an, dann sagte er: »Nun hören Sie mir eins zu: Erstens is Lening viel zu schad' für Ihnen, – verstehen Sie mir?«

»Herr Pökel – –«

»Zweitens sünd Sie ein jämmerlicher Kerl von einem Bräutigam.«

»Herr Pökel – –«

»Und drittens – in Ihrem Vater seinen Kopf spiel: der Deuwel ja woll Brummküsel?«

»Herr Pökel, ich versteh' Sie gar nicht.«

»Das glaub ich, aber ich will Ihnen das ausdeuten. – Was? so'n Kerl wie Sie, der hält sich ümmer noch an Vaters Rockschlippen fest?«

»Herr Pökel, soll ich das schöne Gut fahren lassen?«

»Ne, Herr, dann lassen Sie Lening fahren,« schrie Pökel in lichter-lohem Zorn.

»Ach, das kann ich ja auch nicht.«

»Nun sehen Sie, was Sie für'n lieblicher Gast sünd?« schalt Onkel Pökel. – »Junger Mensch, ich hab Erbarmen mit Sie. Is es Ihnen denn noch nie eingefallen, daß die vielen Gutsbesitzer hier in der Nähe Sie gern zum Inspektor annehmen würden? Is das nich eine auskömmliche Stelle?«

Mit einem Male sprang Jung-Dankward aus dem Loch:

»Onkel Pökel, is das Ihr Ernst?«

»Na, glauben Sie, Herr, daß ich hier mit meine kalten Füß' Spaß betreiben will?«

»Herr Gott – Herr Pökel, eingefallen ist mir das auch schon oft, aber jetzt bin ich fest entschlossen.«

»Junger Mensch,« sagte Onkel Pökel, »dann haben Sie sich zu was sehr Vernünftigem entschlossen, und wenn Sie weiteren Rat ge-brauchen, denn wenden Sie sich man an mir. Und nun gut' Nacht, mir schuddert das durch den ganzen Leib.«

»Onkel Pökel – noch ein einziges Wort; – darf ich Lening nicht bloß noch eine einzige Minute sprechen?«

»Das is nich übel,« griente Pökel. »So'n Filu – Herr, seit Sie den Deuwel gespielt haben, da haben Sie sich solche dämon'sche An-sichten zugelegt. – Aber nu is genug. Nu marschieren Sie man gleich aus den Garten heraus. – Eins, zwei – drei!«

Damit gingen sie auseinander.

Als Onkel Pökel nach seiner Kammer schritt, wobei er auch an derjenigen von Lening vorbei mußte, da wurde die Tür ein wenig aufgemacht, und durch den Spalt lugte ein liebliches, blondes Mädchenantlitz, und bei dieser Gelegenheit bekam Onkel Pökel ein Stück eines weißen Armes zu sehen, durch dessen Anblick Fritz Dankward sicherlich um seinen Verstand gebracht worden wäre.

»Onkel Pökel,« flüsterte eine bebende Stimme, »was war das für ein Mann da unten? Und was war das für eine Stimm'?«

Aber nun schäme ich mich beinahe für meinen Haupthelden. Was tut unser Onkel Pökel? Er faßt den Kopf und den weißen Arm und küßt immer umschichtig auf ihnen herum, und dabei flüstert er: »Sei stilling, Lening, sei ganz stilling. Das war Gottes Stimm'. Und nun kommt das Glück wieder, und die Liebe wieder; und was hab' ich dich ümmer gesagt? – Die Planetens und die Monetens sünd in die Reih'.«

Der Mond blitzte ein wenig später silbern in zwei Kammern herein. In der ersten lag Lening auf den Knien, hatte die Hände gefaltet und blickte ernsthaft zu der strahlenden Scheibe hinauf. Und der Mond flimmerte und flammte ihr Antwort: »Nun kommt das Glück, Lening, nun kommt das Glück.«

In der anderen Kammer saß Onkel Pökel in seinem Bett und überlegte sich:

»Das mit die Planetens hat gestimmt, aber das mit die lütten Pagels hat nich gestimmt, und das kann mir kein Mensch zu meinem Nachteil anrechnen.«

Mit diesen Gedanken schlief er ein. Allein sein Freund, der Mond, lachte auf ihn nieder und fragte ein bißchen spöttisch:

»Pökel, hast nich 'nen Schatz gefunden? Ich hab so was gehört.«

»Ne, oll Fründ,« erwiderte Pökel ärgerlich, »ich glaub' nich.«

»Du hast ihn doch gefunden,« widersprach der Mond.

»Du lügst!« schrie Pökel.

»Mensch, achte auf deine Worte,« greinte der Mond. »Hast du nicht Lening ihren Schatz gefunden? Und gilt dir ein Mensch nicht mehr als Silber und Gold? Und kuck, weil du so'n ollen ehrlichen Kerl büst, will ich auch was für dich tun.»

Und mit einem Male war es, als wenn aus dem Mond lauter kleine Bäche und Quellen von eitel Silber herunterflössen, gerade vor

Onkel Pökels Bett. Und in den Bächen spielten niedliche, goldene Fische, die hatten lauter Louisdors auf dem Leib. Und Onkel Pökel sah sich selbst in seinem Traum, wie er dasaß mit einer silbernen Krone auf dem Kopf, aber mit nackten Beinen, und wie er mit einem Netz immer einen von den goldenen Fischen nach dem anderen aufangelte, bis der Mond endlich sagte: »Nun bist du reich genug, Pökel, nu adjüs.«

Und nun lassen wir Onkel Pökel in seinem Reichtum schlafen, und sagen ganz leise, damit er nicht aufwacht, dasselbe, was der Mond gewünscht hat, nämlich »adjüs«. Und das tue ich hiermit.

 tredition®

Über tredition

Eigenes Buch veröffentlichen

tredition wurde 2006 in Hamburg gegründet und hat seither mehrere tausend Buchtitel veröffentlicht. Autoren veröffentlichen in wenigen leichten Schritten gedruckte Bücher, e-Books und audio-Books. tredition hat das Ziel, die beste und fairste Veröffentlichungsmöglichkeit für Autoren zu bieten.

tredition wurde mit der Erkenntnis gegründet, dass nur etwa jedes 200. bei Verlagen eingereichte Manuskript veröffentlicht wird. Dabei hat jedes Buch seinen Markt, also seine Leser. tredition sorgt dafür, dass für jedes Buch die Leserschaft auch erreicht wird.

Im einzigartigen Literatur-Netzwerk von tredition bieten zahlreiche Literatur-Partner (das sind Lektoren, Übersetzer, Hörbuchsprecher und Illustratoren) ihre Dienstleistung an, um Manuskripte zu verbessern oder die Vielfalt zu erhöhen. Autoren vereinbaren direkt mit den Literatur-Partnern die Konditionen ihrer Zusammenarbeit und partizipieren gemeinsam am Erfolg des Buches.

Das gesamte Verlagsprogramm von tredition ist bei allen stationären Buchhandlungen und Online-Buchhändlern wie z. B. Amazon erhältlich. e-Books stehen bei den führenden Online-Portalen (z. B. iBookstore von Apple oder Kindle von Amazon) zum Verkauf.

Einfach leicht ein Buch veröffentlichen: **www.tredition.de**

Eigene Buchreihe oder eigenen Verlag gründen

Seit 2009 bietet tredition sein Verlagskonzept auch als sogenanntes "White-Label" an. Das bedeutet, dass andere Unternehmen, Institutionen und Personen risikofrei und unkompliziert selbst zum Herausgeber von Büchern und Buchreihen unter eigener Marke werden können. tredition übernimmt dabei das komplette Herstellungs- und Distributionsrisiko.

Zahlreiche Zeitschriften-, Zeitungs- und Buchverlage, Universitäten, Forschungseinrichtungen u.v.m. nutzen diese Dienstleistung von tredition, um unter eigener Marke ohne Risiko Bücher zu verlegen.

Alle Informationen im Internet: **www.tredition.de/fuer-verlage**

tredition wurde mit mehreren Innovationspreisen ausgezeichnet, u. a. mit dem Webfuture Award und dem Innovationspreis der Buch Digitale.

tredition ist Mitglied im Börsenverein des Deutschen Buchhandels.

Dieses Werk elektronisch lesen

Dieses Werk ist Teil der Gutenberg-DE Edition DVD. Diese enthält das komplette Archiv des Projekt Gutenberg-DE. Die DVD ist im Internet erhältlich auf **http://gutenbergshop.abc.de**

FSC
www.fsc.org
MIX
Papier | Fördert
gute Waldnutzung
FSC® C083411

Zeitfracht Medien GmbH
Ferdinand-Jühlke-Straße 7
99095 Erfurt, Deutschland
produktsicherheit@kolibri360.de